Fogo de brasa

André Pieyre de Mandiargues

FOGO DE BRASA

Tradução e apresentação
Mônica Cristina Corrêa

ILUMINURAS

Título original:
Feu de braise

Copyright ©:
Éditions Grasset & Fasquelle

Copyright © 2003 desta tradução e edição:
Editora Iluminuras Ltda.

Capa:
Fê
Estúdio A Garatuja Amarela
sobre *Optóphone I* (1922), aquarela sobre papel [72 cm x 60 cm],
Francis Picabia. (Coleção particular.)

Revisão:
Eliane de Abreu Santoro

Filmes de capa:
Fast Film - Editora e Fotolito

Composição e filmes de miolo:
Iluminuras

ISBN: 85-7321-165-2

2003
EDITORA ILUMINURAS LTDA.
Rua Oscar Freire, 1233 - 01426-001 - São Paulo - SP - Brasil
Tel: (0xx11)3068-9433 / Fax: (0xx11)3082-5317
iluminur@iluminuras.com.br
www.iluminuras.com.br

ÍNDICE

Apresentação 9
Mônica Cristina Corrêa

Fogo de brasa 21

Rodogune 29

As pedregosas 45

Mórbida miragem 53

O nu entre os caixões 65

O diamante 91

A infantilidade 113

APRESENTAÇÃO

Mônica Cristina Corrêa

Parecerá estapafúrdio reunir, sob a mesma rubrica, o jocoso Boris Vian e o severo Julien Gracq, Mandiargues, o precioso, e Klossowski, o obscuro. Do engraçado ao fantástico, passando pelo maravilhoso e pelo estranho, todos os quatro possuem, no entanto — e outros que vieram depois deles —, a arte de nos introduzir, pela magia das palavras, num outro mundo. Um mundo que, por mais diferente que seja do nosso, não é o seu contrário, mas seu avesso. Um avesso que revela aquilo que o direito dissimula, ou seja, a verdade.[1]

André Pieyre de Mandiargues, o "precioso", nasceu aos 14 de março de 1909, de pai originário da região Langue d'Oc e mãe normanda. Neto do colecionador Paul Bérard, teve desde cedo a oportunidade de conviver com pintores e apreciar sua arte, fator que se tornou decisivo em sua inspiração literária e em sua produção como crítico de arte. A mais marcante das características de sua obra, o preciosismo, é sempre relacionada a uma riqueza de detalhes, ao gosto pela minúcia, o que produz em seus textos o efeito de verdadeiros quadros pintados à maneira de um Jêronimo Bosch. E

---

1) BERSANI, J. *et al.*, "Le Surréalisme", *La littérature en France depuis 1945*. Paris, Bordas, 1974, p. 174.

Mandiargues viria inclusive a se casar com uma pintora italiana, Bona Tibertelli, que conhecera em 1947 e com quem teria uma filha, Sybille.

A família aristocrática abastada do escritor lhe permitiu a dedicação exclusiva à carreira literária: Mandiargues, filho único, depois de ter passado a infância em Dieppe, na Normandia, experimentou todos os gêneros, passando de poesia a texto narrativo, embora muitas de suas novelas sejam consideradas um prolongamento de seus poemas, e estes, por sua vez, sejam às vezes classificados como prosa. Além disso, escreveu teatro, crítica de artes plásticas e literatura, romances — dentre os quais La marge, que lhe valeu o prêmio Goncourt de 1967 — e, não tendo exatamente escrito roteiros para cinema, pôde ver realizados em tela o filme La motocyclette (1963), baseado em seu poema homônimo, protagonizado por Alain Delon e Mariannne Faithfull, e ainda uma adaptação de seu último romance Tout disparaîtra (1987), por Borowczyk. E a essa vasta obra soma-se uma boa quantidade de traduções do inglês, do italiano, do espanhol e do japonês, especificamente do teatro de Yukio Mishima.

Embora Pieyre de Mandiargues tenha produzido quase incessantemente e tenha recebido prêmios de reconhecimento (além do Goncourt em 1967, houve o Prêmio de Poesia da Academia Francesa em 1979 e o Grande Prêmio Nacional de Letras em 1985), sua obra está longe de ter sido estudada exaustivamente. Há, contudo, alguns escritos esparsos em que especialistas analisam um ou outro de seus textos, dos quais alguns traços comuns podem ser depreendidos, ajudando a configurar as características mais relevantes do autor. Este livro é, pois, um modesto convite a revisitar um pouco da vasta literatura de André Pieyre de Mandiargues, um dos escritores que, sem dúvida, legaram à literatura francesa obra de inegável originalidade, como afirmara o crítico Edmond Jaloux, ao julgá-lo o escritor "mais totalmente original de sua geração"[2].

Unânimes, os críticos apontam em Mandiargues o preciosismo. Esse

---

2) Citado por ARLAND, Marcel, "Les contes fantastiques de Pieyre de Mandiargues", *Nouvelles lettres de France*, Paris, Albin Michel, 1954, p. 55.

aspecto foi para ele mesmo uma preocupação, haja vista sua verdadeira devoção pela língua, como declarou na última entrevista concedida ao Magazine Littéraire: "Tento me servir o mínimo possível de palavras de origem helênica, porque me sinto profundamente latino. Uma das coisas no mundo pelas quais tenho o maior amor é a língua francesa".[3] Mas essa reverência de Mandiargues se mostra em seus textos revelando ao leitor uma língua muitas vezes insólita, que só compactua com as estranhíssimas situações que narra ou descreve. Criaturas e seres bizarros encontram-se em cenários nada convencionais em seus contos e romances e são minuciosamente descritos numa língua não apenas originária do latim, mas numa língua que remonta ao francês já em desuso. São verbos de formas arcaizantes, vocábulos insólitos — muitas vezes já não presentes em dicionários atuais, colocações pronominais do passado, enfim, a tessitura de uma linguagem rebuscada para textos incomuns.

    Se é verdade que não se pode dissociar a imagem de Pieyre de Mandiargues do Surrealismo, por outro lado, o que lhe é particular escapa ao "roteiro" do movimento: Mandiargues é também um barroco, de colorido extravagante, figuras antagônicas e linguagem pomposa. "E o Surrealismo, que foi igualmente pátria para o poeta, está em suas amplificações torturadas ou sonhadoras muito barrocas", apontou com pertinência Salah Stétié ao analisar sua poesia.[4]

    Mandiargues, na mesma entrevista ao Magazine Littéraire em que proclamava sua devoção à língua materna, exaltava, numa comparação curiosa, a figura de Breton: "Breton para mim — estou seguro de não estar enganado — era muito mais que um homem. Um dos homens com quem eu mais compararia Breton é aquele extraordinário italiano do século XVI, Giordano Bruno, que foi queimado pela Santa Igreja".[5] A confessa admiração pelo grande surrealista não determinava, no entanto, a total filiação de

---

3) ARMEL, Aliette, "Les multiples visages d'André Pieyre de Mandiargues. Entretien", *Le Magazine Littéraire*, Paris, 1987, pp. 98-105.
4) STÉTIÉ, Salah, "Mandiargues", *Poètes d'aujourd'hui*, Paris, Éditions Seghers, 1978, p. 7.
5) ARMEL, Aliette, op. cit.

Mandiargues ao grupo por ele fundado nem à sua corrente. Ainda que o autor se servisse abundantemente de duas tendências do momento em sua literatura com maior evidência — o erotismo e o onírico —, sua obra se ligará sempre a certo barroquismo destacado daquela época. De acordo com o crítico Claude Leroy, Mandiargues seria assim uma espécie de surrealista de "segunda geração", no sentido de não compartilhar de todas as inclinações do grupo: "[Mandiargues] é um companheiro de estrada mais do que um militante de base, que é sempre possível citar (ou não citar) entre aqueles que fizeram ato do surrealismo, e a leitura das histórias ou das antologias mostra bem essa hesitação ou esse embaraço".[6]

Foi um surrealista menos engajado também. Enquanto os escritores do círculo de Breton, como se sabe, compartilharam mais ou menos das premissas do comunismo, Mandiargues jamais votou, pois nunca dissociava poder de exercício da tirania. Sua única causa, porém, foi em defesa da independência da Argélia, à qual se mostrou inteiramente favorável, criticando os massacres dos franceses contra os árabes e assinando o Manifesto dos 121.

Outra faceta da obra tão imagética de Mandiargues é sua paixão pelas viagens, talvez pela alteridade. Em seus contos e romances, bem como em sua poesia, sempre despontam outras cidades, outras paisagens, pelas quais circulam personagens inusitados. Vê-se então o escritor que passou pela arqueologia (em que não se especializou), viajou pela Europa e visitou o México. Mas também no território humano há o exótico: suas criaturas provêm ainda de ambientes como o bairro Pigale em Paris, dos bares freqüentados onde ouvia blues *desde a juventude, muitas vezes em companhia daquele que por toda a vida foi seu grande amigo, o fotógrafo Henri Cartier Bresson.*

O estilo de Mandiargues deriva mesmo de uma complexa mistura: do escritor de família protestante fascinado pelo esoterismo, inclinado à arqueologia, poeta e tradutor, surrealista com reservas e de um barroquismo voluntário.

---

6) LEROY, Claude, "Le passage Mandiargues", *Cahiers du XXè. siècle*, n. 6, Paris, Klincksiek, 1976, pp. 87-109.

Sem dúvida, resta um dos mais fecundos escritores da França contemporânea, que deixou de viver em 1991, mas cuja obra deverá, pelo que tudo indica, ressurgir.

Novelas se confundindo às vezes, em trechos, com poemas em prosa, mas cujo verdadeiro gênero parece ser mesmo o conto fantástico: assim é o livro Fogo de brasa. *O que o próprio autor denominou como "novelas" não parece caber dentro de uma classificação comum em termos de gênero literário. Conquanto haja certa flexibilidade na inserção de uma obra dentro de um gênero, assim como dentro de uma corrente literária,* Fogo de brasa *longe está de ser uma seqüência de novelas de acordo com o critério mais comum da teoria literária. São antes histórias breves, com o aspecto de quadros pintados, intrigantes e, não raro, mórbidos. Impossível não ficar com a sensação de ter lido a narração de um sonho — e o narrador projeta muitas vezes o leitor para o interior do devaneio de um personagem sonolento — cuja fronteira com a realidade nunca se faz muito bem demarcada.*

Nas paisagens mandiarguianas não há espaço para o acaso, pois cada detalhe é esmiuçado ao leitor, como se não fosse possível compreender o todo sem as descrições precisas e "coloridas". E, ao se falar em cor, é preciso lembrar que os contos de Fogo de brasa, *à maneira de quadros, são pintados de vermelho, seja com sangue, raios de sol incidindo sobre metais ou brasa. E não se trata de um vermelho estável, por assim dizer, mas de uma cor que teima em se tornar mais arroxeada, às vezes, como nas minúsculas criaturas que saem do geodo em "As pedregosas", de um vermelho como groselhas, como sangue enregelado. Um vermelho que no conto "O diamante" alterna-se, ou melhor, "disputa" com o azul no interior do fogo, representando os extremos opostos que podem imperar na personalidade, no íntimo da personagem misteriosamente inserida numa pedra: "O antagonismo do vermelho e do azul subsistia naquele estranho incêndio, mas a primeira cor triunfava agressivamente sobre a segunda, que só surgia em reflexos fugidios". De fato, é o vermelho que triunfa quando da queima, em que a brasa já nada tem de violáceo ou azulado.*

As variações rubras dos contos de Fogo de brasa *são também uma espécie de "peregrinação" por que passam suas estranhas personagens: a cor de cada um desses sete quadros/novelas se relaciona com a intensidade da crueldade da experiência, o vazio do sentimento (a frieza do azul de um diamante, por exemplo, e a explosão do vermelho no interior da pedra ligada à incidência de um raio de sol, respectivamente aludindo ao estado do corpo e da alma de uma mulher antes e depois da primeira relação sexual).*

O vermelho é símbolo do sangue, por isso da vida, mas a morte também marca nesses textos sua presença, aliás, constante na literatura de Mandiargues: a morte pela crueldade, pelo desejo de morrer e matar. Todavia, a morbidez se faz tolerável na medida em que o sentimento se ausenta, a dor é sublimada, pois a violência — inclusive a sexual — é sempre um ato gratuito, instintivo, possível no intrínseco de cada ser animal. As personagens de Mandiargues seguem seus instintos, sem punição ou recompensa exatamente. Chega-se no máximo, como em "Rodogune" e "Mórbida miragem", ao "ensaio" do arrependimento — desmentido às vezes por certas ironias, presentes, por exemplo, na escolha dos nomes dos personagens. É "Valentin" o homem cuja covardia permitiu a tragédia da moça Rodogune no conto de mesmo nome. A ironia não está longe, pois o sobrenome de Valentim é "Sorgue", que em provençal quer dizer "sombrio", "obscuro". Da mesma forma é "Bénin", como benigno, o homem que, em "As pedregosas", determina o fim da vida das pequenas criaturas do interior do geodo. A inocente Florine, do primeiro conto, "Fogo de brasa", remonta à Flora, divindade itálica da vegetação. Devendo presidir a primavera, Flora se prostituíra e se tornara devassa. Por fim, Jean de Juni, em "A infantilidade", é uma alusão quase direta ao escultor francês, o macabro Juan de Juni, cujas obras estão em Valladolid. E, num conjunto de contos em que prevalece, sem dúvida, a sensação ou o traço de sonhos distantes, o amor não deixa de ter seu lugar. Mas o amor, que não surge como tema nesses textos, esbarra em atos cruéis dos instintos, manifesta-se como uma espécie de prisioneiro da morbidez. Num crescendo, Mandiargues aborda, a partir do quarto conto, o desvario de amados e desamados: em "Mórbida miragem" um homem perambula em desespero, sentindo-se culpado por ter expulsado sua jovem amada sob uma tempestade; em "O nu entre os caixões", como eco, é uma jovem que foi expulsa pelo amante sob um temporal e, desvairada, deixa-se violentar pelo proprietário de uma agência funerária. Nesses dois contos, porém, o tema é o sofrimento da mulher — jovem e virgem — vítima de certa tirania que o autor atribui como um pouco "inerente" aos seres masculinos, como denunciaria a narrativa do personagem de "Mórbida miragem": "Que eu tivesse gosto em teus medos, criança, até mesmo em tuas lágrimas, não te negarei (...). Sim, era-me doce que fosses abandonada. Tenho uma inclinação estranha e forte por tudo o que está desamparado, pelo que está aflito, à noite sobretudo, como por esses pequenos destroços na margem do húmus, pousados na areia onde a vaga os ameaça, e que outrora eu colecionara".

O amor em seu aspecto físico fica por conta da voz feminina também: é Sarah que perde a virgindade dentro do diamante; sua dor e sangramento são descritos pelo narrador. Do mesmo modo, a descoberta amorosa de Mariana ("O nu entre os caixões") é contada na primeira pessoa do singular, por vezes de forma poética: "Quando o rapaz me apoiou contra si e colou o rosto no meu, como ele nada dissesse, disse-lhe eu que nunca vira um homem tão bonito quanto ele, e, quando senti que puxava com a mão minha blusa para tirá-la da saia e acariciar-me o flanco nu, deixei-o fazer, lamentando apenas ter posto um sutiã que limitava um pouco a carícia. Mas ele teve a destreza de desacolchetá-lo, e, sempre dançando, fez flutuar a blusa em volta da minha cintura, e eu me sentia em sua mão como a água de um riacho durante um banho noturno". Essas duas personagens, Sarah e Mariana, somadas a Criticona — aquela que tudo critica —, no último conto, manifestam também os sentimentos maternais.

Quanto às figuras masculinas da obra, Mandiargues as revela como tiranos, assassinos ou covardes incapazes. O próprio ato sexual se torna, do ponto de vista masculino, algumas vezes um ato mecânico, violento ou indiferente, pois sua relação com o amor nem sempre é percebida, como declara o pensamento de Jean de Juni em "A infantilidade": "Estou fazendo amor — pensou ele — sem nenhuma satisfação, num dado momento. E pensou na insuficiência da pequena frase, a qual, em sua modéstia irrisória, não trazia nenhuma indicação que pudesse informar minimamente um ouvinte ignorante, ilustrar para um tolo a tarefa viril. O francês, o espanhol ou o italiano poderiam ter-lhe fornecido formas mais breves e mais expressivas, cujo sentido é geralmente o de enfiar uma ferramenta, ou melhor, de meter".

Esse procedimento é testemunho do que o próprio autor declarou: o fato de escrever com um "eu" feminino, preferencialmente.[7] *Este "eu", mesmo quando a voz a narrar é a de um personagem masculino, vem à tona, surge como espreitado pelo observador que fica estanque diante da beleza captada, como acontece no conto "Rodogune": "Um dia que com um destes [sardos], que pegava na lida bem de leve, eu descera numa praia, no norte da ilha, aonde não ia sempre (estando as restingas perdidas, os lugares cavernosos e virados para o alto-mar na costa oeste), vi uma mulher, ou melhor, uma moça, lavando um peixe no mar, e não sei mais o que dizíamos, mas sei que me calei, não ouvindo mais meu companheiro, para não perder nada de um espetáculo em que ele não via patavinas, e no qual achei que o acaso pusera um esplendor incomparável...". São momentos de descrições belas, mas também inusitadas, em que detalhes do corpo ou do vestuário revelam ciganas, prostitutas, moças do campo, enfim toda sorte de tipos femininos.*

Pode-se, talvez, dizer que Mandiargues introduz em seus textos descrições surpreendentes, partindo de certo preciosismo da linguagem. Assim é que o leitor muitas vezes depara com instantes ou longos períodos de poesia que se projetam de forma tentacular em sua prosa: se a poesia é, de algum modo, o que se subtrai ao prosaico, em Mandiargues é justamente o mesmo prosaico que fornece a "matéria-prima" para o poético. Não são raros os seus desdobramentos no texto e daí a impressão de pintura que deixam os contos.

A cada narrativa, antes de estabelecer esse quase diálogo com a pintura e com a poesia, Mandiargues serve-se de citações, que são uma espécie de colagem e ao mesmo tempo uma homenagem aos escritores que certamente aprecia. Todos os contos são abertos com uma epígrafe, como um convite à

---

7) ARMEL, Aliette, op. cit.

leitura de seu texto à maneira de prolongamento ou releitura de outros autores. *A crítica literária, que toma a citação como exemplo mais típico de "intertextualidade", ou seja, de diálogo que textos e autores têm entre si, vê nesse recurso uma espécie de "confissão" das influências e fontes na elaboração da obra. Obviamente, é possível, por tais citações, saber em parte quais autores leu Mandiargues. Mas é interessante notar que essas leituras parecem todas ter aguçado o imaginário do escritor de modo nada convencional. É difícil saber muitas vezes o que está sendo dito ou contradito com relação à epígrafe que abre os textos; talvez aí resida grande riqueza, pois a margem de interpretação é larga.*

Dada a formação heteróclita do escritor Pieyre de Mandiargues, é compreensível que sua obra seja complexa. As muitas leituras, a atividade de crítico de arte, a paixão pela arqueologia e pela história, a herança do romantismo alemão, o preciosismo da linguagem: na verdade, dizer que se trata de um escritor surrealista seria dizer pouco.

Nesse sentido, traduzir Mandiargues se apresentou também como proposta para trazer à tona um escritor singular. Considerando-se a vasta obra por ele deixada, Fogo de brasa *passa a ser um contato, uma introdução a esse autor ainda pouco estudado e, hoje, menos lido. E a tradução desses contos se revelou uma experiência das mais instigantes, porém árdua. Se o ponto de partida era seguir o exemplo da própria devoção que o escritor revelava ter por sua língua materna, por outro lado, apresentou-se como imperativa a necessidade de traduzir também sua excentricidade. Muito poéticos, os períodos de Mandiargues se tornam por vezes longos, com inversões frasais pouco sonoras, com expressões em desuso, colocações pronominais já não correntes, e tempos verbais hoje remotos no francês. Somem-se a isso muitos vocábulos também antigos, incomuns ou regionais. O resultado é um texto não exatamente fluente, mas que reflete na linguagem a mesma estranheza das situações narradas.*

Os estranhamentos de Mandiargues são, sem dúvida, perturbadores. Mas são também uma incitação à Literatura, sobretudo no que concerne à originalidade dessa arte. Provavelmente, não será sem surpresa e curiosidade que o leitor brasileiro de Fogo de brasa *lerá a primeira linha da obra: "Florine estava indo a casa de uns brasileiros que davam um baile, num prédio muito antigo, próximo à igreja de Saint-Sulpice". Esperamos, pois, que esse ponto de interseção entre brasileiros e franceses, insinuado já no nome da obra que é também o título do primeiro conto, seja em si mesmo um mote para adentrá-la.*

Se o Brasil é um país que pouco refletiu o Surrealismo, Fogo de brasa *oferece-se, quase na contramão, como universo onírico onde proliferam fantasias. E assim como da cor da brasa derivaria o nome do* Brasil, *neste livro a tonalidade de outras histórias, narradas noutros ambientes, remonta sempre a esse vermelho — denominado no primeiro conto "vermelho velho" — que, constante na obra, torna-se tão variável quanto parece ser a imaginação de Pieyre de Mandiargues.*

FOGO DE BRASA

Para Pauline Réage

Seria ela, então, de pedra, cera, ou mesmo uma criatura de outro mundo e achavam que era inútil falar-lhe, ou apenas não ousavam?

Pauline Réage

Florine estava indo à casa de uns Brasileiros que davam um baile, num prédio muito antigo, próximo à igreja de Saint-Sulpice. O que sabia ela sobre aquela gente? Quase nada, a não ser sua qualidade nacional como uma etiqueta de proveniência colada em pacotes, e que não deviam conhecer muita gente em Paris, pois haviam encarregado os zeladores de fazer os convites, parece, ao acaso, pelo bairro.

A escada era em caracol, num poço redondo, bastante escuro, de paredes viscosas que provavelmente não tinham sido repintadas, nem mesmo lavadas, haveria mais de cem anos; todavia o tapete vermelho sob as tranglas douradas que o fixavam aos degraus possuía um brilho ardente, aquele brilho que pertence à cor denominada "vermelho velho", e o corrimão estava morno como se fora aquecido para receber as mãos que nele deveriam pegar. Logo ao entrar sob a abóbada, Florine ouviu o barulho do baile; barulho esse que aumentava a cada andar, à medida que ela subia. Com efeito: a escadaria era interminável. Quantas vezes girara ela dentro do poço sombrio, quantas voltas percorrera em torno da espiral, perguntava-se; não podia responder. Em se debruçando a fim de contar os patamares, via somente o poço negro e profundo "como o tempo", pois a luz, pela ação de um interruptor pouco comum, apagava-se primeiro nos andares de baixo, depois se acendia acima, e mais acima ainda, para acompanhar o visitante. O barulho dos instrumentos (além de um piano ruim, só podiam ser trombetas, címbalos e cabaças) ressoava no poço com uma força quase terrífica. Ouviam-se ainda o estalar de mãos, o bater de pés, cantos, risos e gritos de "hã hã" mais adequados a lenhadores e ferreiros do que a dançarinos. Através de portas entreabertas, vizinhos olhavam para cima, tomados de certo espanto, sem contudo ousar protestar. Quando Florine passava diante daquelas portas, eles se esquivavam e as empurravam um pouco (sem fechar), para depois reabri-las, cochichando atrás dela. "Estão admirando meu vestido, ou estão curiosos" — pensava Florine.

De fato, ela trajava um belo vestido, ligeiramente transparente, que deixava ver a cinta elástica e as ligas pretas sob o cetim laranja. As meias, quase rosadas, eram imperceptíveis; os seios, muito brancos, estavam soltos, sem suporte de espécie alguma. E os cabelos brincavam sobre os ombros, com um reflexo de lontra. Florine achava-se gloriosa ao passar diante daquela gente que não fora convidada para o baile e que era feia e esquisita, ao certo, visto que no próprio prédio o zelador a esquecera. Ela se elevava diante deles, degrau após degrau, com um andar de rainha ou de égua. Bem no alto, teve a tal ponto consciência de sua glória e da abjeção daquela gente, que se pôs a pensar nela com certo dó. "Se me pedissem, pensou, acho que falava por eles com os Brasileiros."

A porta lhe foi aberta assim que ela tocou a campainha, pois dois empregados estavam ali atrás, prontos para receber os convidados. De paletó branco e luvas brancas, eles se inclinavam diante dela, ofereciam-se para tirar-lhe um casaco que ela não estava usando. Os Brasileiros, seguramente, faziam parte da mais alta sociedade, e compreendia-se que não sentissem senão desprezo pelo povinho dos andares inferiores. Fora por capricho, distinção, almíscar, chinesice, paradoxo elegante, gosto de se destacar, que haviam deixado a zeladores a escolha dos convites. Não sem tê-los instruído a ser severos e a invitar somente pessoas de primeira qualidade. Por mais dândi que se seja, e nascido num país tropical, não se abre a porta ao primeiro que chega quando se tem para manejá-la camareiros de tão notável gênero.

Nada estranho que fosse o teto tão baixo a ponto de um homem um pouco mais alto do que a média poder tocá-lo sem esforço. É preciso resignar-se a isso, pois, quando se quer habitar o andar de cima, e se fica doente à idéia de que alguém, uma simples criada, durma ou ande sobre sua cabeça. Dandismo, outra vez. É. "E tenho certeza — pensou Florine — que eles mandaram interditar o sótão, ou que puseram armadilhas lá."

O apartamento fora provavelmente alugado já mobiliado, pois os móveis eram tão banais quanto os da sala de espera de um pedicuro ou um médico de estação de águas. Cromos de obras-primas, tristemente reproduzidos, faziam pares em ricas molduras. Havia lá algumas palmas desidratadas em potes de cobre, sobre tripés de madeira clara, mas tais objetos também não faltam aos consultórios de médicos ordinários, e seu exotismo é muito relativo, não obstante se possa vê-los em lugar de destaque nos consulados de países longínquos. Florine, entretanto, não ficou decepcionada, pois não esperava por papagaios. Seu negócio era o baile. Os criados — que a tinham abandonado, para se fixarem um diante do outro, em cada um dos lados da porta —, ela os deixou ficar olhando um para a cara do outro (ou para o espelho dos botões de seus paletós) e caminhou decididamente em direção ao barulho. O trovão invadiu-lhe os ouvidos quando entrou na sala em que se dançava.

Não era bem uma sala, apenas dois quartos dos quais se fizera uma galeria estreita, derrubando-se a divisória que os separava dantes, e a marca dessa parede abolida ressaltava debaixo do papel de cores vivas, mal recolocado. Havia cadeiras amontoadas num canto, de pés para o ar, como uma máquina agrícola ou um velho aparato bélico. Os músicos, ao lado do piano, estavam trepados numa grande cômoda, agachados sob o teto como um bando de macacos, e batiam de rachar no móvel barrigudo, ao mesmo tempo que, soprando alguns e sacudindo outros, tiravam de seus instrumentos aquele barulho dos infernos.

A grande surpresa (Florine teve de admitir que, agora sim, era uma decepção) foi o fato de haver tão poucos homens no baile. Eles já não eram muito jovens, e estavam tranqüilos, sentados em almofadas, pelo chão, ou sobre tapetes enrolados; bebiam um líquido com aspecto de tisana, em xícaras nauseabundas. Seriam eles os Brasileiros? Não pareciam, em todo caso, com aqueles casacos de ombreiras, aquelas camisas desbotadas, as gravatas amassadas, os sapatos redondos. Um deles estava de chinelos de lã. Seria ele o dono daquilo? Ou um convidado que sofria de calos ou reumatismo e que fora, por essa razão, desculpado por seus trajes? A coisa não estava clara.

Moças dançavam entre si, esfregando-se num movimento de escovas mecânicas, depois se chocavam como quilhas moles no tempo marcado por um estrondo de címbalos. A maioria usava calças apertadas nos tornozelos e ajustadas às ancas quase ao ponto de explosão, pretas ou azul escuro, com malhas leves, algumas listradas, ou camisetas que flutuavam sobre o busto. Elas estavam pouco ou nada maquiadas, felizmente, porque a transpiração lhes escorria pela testa e pelas bochechas. Uma delas tinha tirado os sapatos; tirara até mesmo as meias, arregaçara as barras da calça, e dançava sozinha em meio aos casais femininos, marcando o compasso com a cabeça de crina escura, jogada de trás para a frente, e, ainda, seguindo o ritmo da música. Vista de frente, como a olhava Florine, ela se parecia singularmente com uma mula, com aquele crânio pontudo, os olhos ajuntados e enormes. Aquela, pelo menos, não podia ser do nosso país. Seu jeito, seu comportamento, os pés descalços (e a destreza em moverem-se), tantos indícios, senão provas, de uma origem americana e tropical. Quando uma outra a convidava para dançar, recusava sem hesitação, com um sorriso que mostrava mandíbulas bem guarnecidas.

— Tenho medo de que você pise nos meus pés — dizia ela a cada vez, à guisa de explicação.

Essa moça convidou Florine, inesperadamente, quando a dança, depois de ter sido parada por um minuto, recomeçou com mais alarido.

— E se eu pisar nos seus pés... — disse-lhe Florine, mostrando seus sapatos dourados, que tinham saltos extremamente altos e pontudos.

— De você, pluminha, nada temo — disse a moça. — Pode vir com tudo. Eu teria mais prazer do que dor.

E ela lhe tomou a cintura com as duas mãos, chocou-a contra si duas vezes, barriga contra barriga, fazendo "hã! hã!", pois os címbalos ressoavam naquele momento.

Foi com uma força pouco comum que ela a agarrara. Que bíceps, que canelas! Em luta, aquela moça arrasaria muitos homens, e, ilusões à parte, seu rosto tinha um aspecto indubitavelmente bestial, a que não faltava algo repugnante. Um cheiro muito forte emanava de seu corpo, lembrando redios, estábulos ou casernas, mas não era o caso de bancar a delicada, a enjoada, de torcer o nariz, num baile de Brasileiros, e o furor da dança era tal, que seria mesquinho procurar outra razão para o fedor. Era melhor, como lhe dissera aquela tal, ir com tudo. Florine se aproximou de sua parceira, estreitou-lhe o torso, cujos músculos sentia como que nus sob um ligeiro suéter úmido de suor, e começou, por sua vez, a fazer "hã hã!", batendo o mais que podia com as coxas e a barriga.

Nada mais houve além do barulho e dos choques, que a jogaram numa embriaguez convulsiva. Esse estado durou algum tempo, depois lhe pareceu que empalideciam os ramos floridos do papel de parede, que também a música perdia a intensidade, e a dança, ao redor, seu frenesi. Florine teve uma impressão de frio e torpor. Perguntou-se se não estava sonhando. Teve medo de que tudo não passasse de um sonho, e receou, sabendo que sonhava, em seu sonho, ver acabar-se esse sonho num breve espaço de tempo, e acordar, perder o baile dos Brasileiros (sem que mesmo lhe houvessem apresentado aqueles misteriosos Brasileiros!). Se ela estava sonhando, precisava tentar entrar mais profundamente no sonho e acreditar em sua realidade, precisava esquecer a inquietude presente.

Então ela fez "hã! hã!" com uma violência que passava de longe o que é permitido num baile (a outra lhe respondia igualmente), e bateu furiosamente a barriga contra a barriga de sua parceira (e como era dura!), para chegar, pela brutalidade da sensação, à tranqüilidade e à paz de espírito. "Hã! Hã!"... Se não fendesse, antes, a bacia, se não arrombasse a da outra, iria vencer a dúvida. Iria esquecer que, talvez, estivesse sonhando.

O rosto diante dela também estava se modificando. Alongava-se, tornava-se ainda mais eqüino com a pele lustrosamente azulada, os olhos de globos saltados, o pêlo rude, o lábio caído. Como se os golpes houvessem aberto alguma fenda em seu corpo, o rosto da moça se afastava, vacilava um pouco e, dir-se-ia, em termos de marinheiro, que ele "adernava", ainda que Florine sentisse, entre as palmas das mãos, aquele busto sempre duro. Depois, como uma lâmpada se apaga, a moça fechou os olhos. Florine a viu adormecer, na verdade, em seus braços, e, a partir daquele instante, elas deixaram de estar ambas no mesmo espaço. Florine, contra seu desejo e vontade, não pôde evitar de abrir os olhos.

Abominável despertar: era noite, fora, sob um imenso luar. Em vez de deitada em sua cama como pensara encontrar-se, ela estava sendo sacudida, com as mãos estritamente atadas atrás das costas, os pés amarrados, no fundo de uma carroça de má suspensão, que os buracos e elevações do caminho faziam dançar (e a madeira chiava: "hã... hã..."), enquanto bidões e caixas vazias se chocavam fazendo um barulho de tambor e címbalos. O vento uivava nos galhos em cima da estrada. Um saco espesso, que podia conter gesso ou cal, batia na sua barriga, a cada tranco. Dois homens, cujos ombros brutais ela distinguia sinistramente, estavam na boléia. Um segurava as rédeas: estava calado; o outro, não lhe falava. Como a teriam pego? Havia sido drogada, era provável, para ter dormido um sono tão perturbado, a ponto de acordar tão tardiamente e sem a menor lembrança do que lhe acontecera. Ou estava sonhando agora?

Ela fechou os olhos, bateu, por hábito, a barriga contra o saco, na esperança de sair daquele sonho ruim e dar, enfim, em seus lençóis ou voltar ao sonho do baile e retornar à casa dos Brasileiros. Mas não, ela não conseguiu, faltou-lhe o tempo, quiçá, e nenhuma mudança se produzira, até que a carroça parou. Eles descarregaram seu corpo diante de uma vala, à margem de uma longa estrada florestal, inteiramente reta e deserta, e descarregaram o saco, branco sob a lua, ao lado dela. Não a desamarraram; também não a tocaram mais do que o necessário. A coisa devia ter sido combinada antes, pois ela não ouviu nenhuma palavra de suas bocas. Viu-os tirar e abrir cada um o seu canivete; sentiu as duas lâminas que entravam juntas em seu flanco esquerdo e em seu flanco direito, que saíam outra vez, depois sentiu a respiração passar por entre suas costelas. "Os Brasileiros?" — pensou — cerrando os dentes, antes que se deixasse ir e que tudo soçobrasse.

RODOGUNE

Para Pierre Klossowski

> ... Um grande cervo, branco como a neve, separava Acteão da divindade; e, cobrindo o dorso da deusa das florestas, o rei cornígero entra em seu reino.
>
> *Pierre Klossowski*

Nos galpões abandonados, desde que não há mais trabalho nas salinas, todo o mundo pode entrar livremente. As portas não fecham, pois nada há a roubar (ou talvez já tenham roubado até as fechaduras das portas), e ali, sob um teto remendado com caniços, estopa e alcatrão, todo mundo passeia a seu bel-prazer por entre os elementos das caldeiras desativadas, vagonetes privados de rodas, cerâmica escacada, grandes pedaços de madeira esbranquiçados pela água e pelo vento que no escuro se assemelham à ossada de um animal pré-histórico. Em toda parte, mesmo no verão, a umidade ressuma, por causa do sal que tão fortemente impregnou a pedra e a madeira, que elas reterão indefinidamente o menor orvalho matinal; o metal está carcomido pela ferrugem, que se destaca em grossas placas, molhadas também; o solo adere um pouco às solas dos sapatos.

Se, como é provável, encontram-se nesses lugares pequenos animais, deles não se pode ver ou ouvir nenhum sinal de vida. Quanto ao que se distingue, com um respeito frágil, sob o nome de gênero humano, Valentin Sorgue é o único representante, que desejou abrigar-se do calor durante as horas meridianas. Nosso *homem* sentou-se num amontoado de sacos (ou de restos de sacos), que dantes teriam servido de cama a vagabundos, embora a ilha de salinas não seja muito freqüentada, e pôs sobre as pernas outros sacos, arrebentados e duros, mais para dar-se a aprazível imagem de um cobertor do que para se proteger de um ligeiro frio sentido por contraste com o ar de fora. De sua sacola, retirou um mísero almoço: nada além de azeitonas pretas, magras como nas árvores selvagens antes de o enxerto beneficiar o fruto, com biscoitos de marinheiro secos de quebrar os dentes, mas o vinho tinto, felizmente, não falta para ajudar a contrabalançar. Uvas maduras demais, colhidas à beira da estrada e sujas de sulfato, são o pior da refeição que completam. Diante dele, na porta escancarada, o dia está branco, a sombra recuou uma coisa de nada na soleira.

Tendo terminado de comer e estando o litro vazio, Valentin se deita de comprido sobre os sacos, depois, como precisaria estar mais saciado para uma sesta, o devaneio o toma, e ele fecha os olhos como se puxa uma tela em prol de lembranças iluminadas.

A madeira desnuda, o ferro velho e o gesso — *pensou* — têm sobre mim um poder estranho; bastam para cativar meus pensamentos, virá-los, como um buquê bem arranjado, para uma mulher, seja ela qual for. Mais do que os elementos de uma decoração magnificamente luxuosa, melhor do que ouro e espelhos, veludos, seda, até que peles, tais materiais grosseiros estão ligados na minha mente, não sei realmente por quê, à boneca sempiterna.

Lampiões recortados em barracas compridas, chalões encalhados na hera e no musgo na orla da floresta de Ardennes: eu pude algum dia resistir a seu convite miserável? E me lembro ainda da casa de tolerância de Sinistria, construída em forma de estrela de seis pontas, ou, como dizem, do selo-de-salomão, toda em tábuas de pinho natural. No centro da estrela, um tronco novo, conservado em pé sobre suas raízes na terra — apesar de podado —, coluna do templo e eixo da obra, portava uma cabeça de javali, maciça, rusticamente esculpida, pintada de vermelho vivo. Sansões ridículos se exercitavam sacudindo-o. A clientela sendo principalmente de trapeiros, que exploravam, não muito longe dali, as ferragens da última guerra, as maneiras no salão espelhavam pouco as da sociedade. Freqüentemente se pagava com mercadorias, e a brincadeira inevitável, saudada com barulho e vivas, era oferecer cem cartuchos para, num repente limitado a três minutos, esvaziar os bagos... Biscateiros, invejei suas malícias, a verve de seu enorme galanteio... Mas sou uma besta! Ah, vamos subir de novo! Deixar mais para baixo de mim a lembrança das libertinas de Sinistria, e da cabeça escarlate na estrela de Salomão.

A mulher, nesta ilha aonde cheguei após longas horas de caminhada, atravessando a pé dois pequenos braços de mar (o segundo, mais profundo, escarafunchado no dorso frio de uma onda), se denomina Rodogune Roux. Lembro-me disso sem dúvida alguma. E para marcar que ela é única, pois poderia ser que outras houvesse, velhas ou jovenzinhas esfarrapadas, em dois ou três casebres voltados para a terra firme, farei dela a soberana da ilha do sal. Rainha Rodogune... Quanto de Oriente, de súbito, atrás de algumas sílabas! Como pálida lua crescente sobre uma cidade de terra esboroada, outrora consagrada a Isthar, esse título, que por brincadeira atribuí, eis que vem pôr toda uma glória de lenda em torno da moça solitária e de sua cruel aventura. Ao menos, tenho prazer em pensar que não houve, não há, e jamais haverá, entre ela, Rodogune terrivelmente nimbada de sangue, e eu, que agora estou deitado como um cão nestes sacos apodrecidos, nada que se assemelhe, minimamente que seja, ao que nossos bons franceses tomam, na gozação, pela coisa dita, em suma, erótica. Dou graças aos deuses do Mediterrâneo, a todos aqueles do mundo judeu, greco-latino, sem esquecer o árabe, nem o sardo, que é um mundo à parte, tão fechado quanto os lugares sagrados da Ásia central.

"Cruel aventura", pensei, como se pudéssemos, na verdade, conhecer a aventura de outrem. Ninhego tolo que eu era ainda, e sempre serei (mas caído de qual horrível ninho?). E o que me impele, a mim, Valentin Sorgue, quase em farrapos vestido, mal nutrido, nada embriagado, hesitando entre o sono e o devaneio, sem testemunha além de grandes moscas importunas, a fazer-me aqui de rival de romancistas, mentirosos de profissão e cuja última palavra, bem como a primeira, não está fundada num só pingo de real certeza. Tudo de que quero me lembrar é das imagens, pois nada mais há que se possa honestamente reportar, e a penumbra incita mais a ver do que a iludir-se com mentiras antes de adormecer. Do desenrolar deste fato sangrento, que, aliás, está na minha consciência em fragmentos iluminados como pedaços de vitral, confesso que estou e ficarei provavelmente ignorante, sem saber de seu traçado original, ou do que o terá motivado, já que a única pessoa capaz de me informar, a senhorita Rodogune, é também, de todas aquelas de que me aproximei durante minha vida errante, a boca mais calada, o semblante mais cerrado e o mais repelente aos curiosos.

A primeira vez que vi Rodogune Roux foi há alguns anos. Para ajustar a imagem, seria necessário saber como eu mesmo era naquela época, e isso levanta uma outra questão, que é de saber como estou no momento presente. Mas, entre os restos variados que fazem toda o mobília de meu galpão de sal, eu ficaria muito embaraçado em encontrar um espelho, fosse ainda um caco. Ainda bem, pois, tristemente, eu nada veria senão um resto a mais e daqueles do tipo menos utilizável. Quanto à vida interior do bonachão, enquanto dela eu for senhor, não lhe permitirei mais do que três estados: fadiga, ebriedade ou devaneio. Basta agora. Retornemos, por prudência, ao passado.

Então... Bem, eu não era tão magro quanto hoje, tinha mais cabelos na fronte, menos lassidão no olhar. Estava limpo, sem dúvida. Trajava as roupas que eram talvez as que cobrem o meu corpo agora, ou outras, mas quase novas. Sobretudo sentia em mim uma disponibilidade sem limites, e o vento, cujas bofetadas hoje me machucam, soprava-me conselhos tais como mergulhar na água verde, nadar em direção aos buracos de moréias, me jogar embaixo dos espinheiros purpúreos e rastejar até as tocas plácidas onde ela (quem?) viria deitar-se ao meu lado num quarto trilhado pelas raposas, subir no mais alto dos rochedos e olhar para o sol até nada ver senão meu próprio sangue, borbulhando sob a queimadura do fogo elementar. Que posso fazer? É mais forte do que eu. Por mais que tente pensar em outra coisa, volto ao sangue, sempre. Só ele une o presente ao passado.

Naquele tempo, da terra em que me achava de férias numa pensão do pinheiral, vinha à ilha quase todas as manhãs. As salinas estavam em plena atividade, e salineiros italianos — sardos, principalmente —, catalães, cuidavam da marinha, lambiscavam e retiravam as escamas, limpavam os canais, varriam o fundo com rastelos de cabo longo, puxavam o depósito cristalino. Tais trabalhos incomodavam pouco as libélulas, não menos numerosas que hoje nas bacias abandonadas. O galpão onde estou não era aberto aos visitantes. Com o sal eu nada tinha a ver (ainda que me lembre sempre com certo encantamento de que alguns salineiros davam ao produto seu velho nome de "morgana"), nem com os insetos, mas era o selvagismo da ilha que me atraía, e com isso o fato de as pequenas praias serem desertas na semana, podendo eu me banhar nu numa água pura e profunda, lagartear numa pedra achatada ou no cascalho até a hora que eu quisesse, sem ser incomodado por ninguém.

Os catalães da salineira eram tão afáveis e tagarelas quanto os sardos eram reservados, de modo que eu me tornara amigo de vários dos primeiros, porém os estimava menos do que aos segundos. Um dia que com um destes, que pegava na lida bem de leve, eu descera numa praia, no norte da ilha, aonde não ia sempre (estando as restingas perdidas, os lugares cavernosos e virados para o alto-mar na costa oeste), vi uma mulher, ou melhor, uma moça, lavando um peixe no mar, e não sei mais o que dizíamos, mas sei que me calei, não ouvindo mais meu companheiro, para não perder nada de um espetáculo em que ele não via patavinas, e no qual achei que o acaso pusera um esplendor incomparável. A desconhecida estava agachada num rochedo escuro, com o qual se confundia sua longa saia preta, e ela usava um corpete chanfrado, de mangas bastante largas, arregaçadas até os cotovelos; não longe dela, estava um xale embolado, de ouro desbotado, de trama ruça. Curvada para frente, naquele traje semelhante ao das ciganas, ou das mulheres baleares ou da Sardenha, sua silhueta despregava um perfil puro na areia clara; tranças puxavam-lhe os cabelos lisos, presos num coque não menos preto do que a saia; um peixe caudaloso, mugem de cabeça grande e da espécie denominada, por essa razão, "céphala", que suas mãos mergulhavam na água retirando em seguida, parecia brincar com seus braços nus, mas o ventre muito branco sob o dorso azul estava fendido do ânus aos ouvidos; e fluía sangue pelas mãos da mulher.

Quando nos aproximamos, ela levantou a cabeça e me olhou nos olhos, largando o peixe que uma revessa, fragilmente, embalava. Seu rosto pareceu-me um dos mais belos que já vira, mesmo em sonho, e logo redescubro que quero aquele nariz insolentemente pequeno, aqueles olhos de um esmalte escuro com um reflexo fulvo, bastante grandes, largamente afastados, aquela fronte, aquelas bochechas e aquele queixo um pouco maciços, de uma pátina um pouco brônzea, esborrifados com grãos de sal, aquela pele ao mesmo tempo lisa e marcada como a matéria de certas estátuas muito antigas às quais mal resistimos levar a mão. Tal beleza, apesar da juventude evidente, era sem candura, e também por causa disso a figura da senhorita Rodogune está ligada na minha lembrança a estátuas da mais avançada idade e de formas adolescentes.

— A moça do carneiro — disse meu camarada, e cuspiu na areia.

Foi nas primeiras horas da manhã, sob uma luz tão fresca que fui penetrado pela alegria, como se tivesse acabado de ser criado junto com toda a natureza. Ervas que a vaga depositava sem cessar naquele canto da margem propagavam um cheiro marinho quase insuportável.

No dia seguinte, ou a alguns dias dali, eu a encontrei de novo. Foi no alto, numa colina ou nem tanto, que o rochedo ergue acima do mar na costa oeste, num atalho que eu pegava para ganhar tempo, quando havia me demorado no banho. Ninguém nunca passava por ali, pois era preciso subir degraus, quando muito, talhados, num barranco desnorteante como um forno de cal, antes de descer outra vez por um sarçal cortante, e o calor era tão intenso, no começo da tarde, que leões deixados naquele terreno não teriam feito melhor para interditá-lo aos passeantes. Assim, ao ouvir passos nos pedregulhos e uma voz que cantarolava, tive grande surpresa. Boa surpresa, um pouco depois, quando vi surgir, entre dois arbustos de lentiscos, aquela que me havia maravilhado com sua maneira de transformar numa espécie de dança o ato ingrato de lavar um peixe morto. Atirei-me de qualquer jeito sobre os espinhos, para lhe deixar a estreita senda, então ela sorriu, dentro de um *fichu* tenebroso. Atrás dela, vinha seu carneiro, um grande animal marrom bem escuro, quase preto, de raça barbarina, esfregando a cabeça nos quadris da mulher; ele tinha chifres enrolados como conchas, achatados, inclusive, e de uma largura que me pareceu admirável.

A partir de então, pensei freqüentemente naquela mulher. Ocorre-me procurar lembrar aqueles pensamentos; mas quase não consigo. Em contrapartida, lembro-me, como se a tivesse ouvido ontem, da canção plangente que se interrompeu por minha causa, no silvado onde a senhorita Rodogune pensava estar sozinha com seu carneiro, sob o sol ardente:

> *Meu corpo está cansado*
> *Na cama eu queria estar*
> *Ter como cobertor*
> *Rosas, lírios sem par*
> *E um colchão enfeitado*
> *Cheio de violetinhas*
> *Porém se porventura*
> *Eu fosse estar sozinha*
> *Os corvos lá no céu*
> *Iam beber meu mel*

O papel dos corvos, evidentemente, não está claro. Ter-se-ia tornado claro, talvez, se a canção tivesse continuado. Outra questão a que não sei responder, e que tem importância: para quem cantava Rodogune? Para si ou para o carneiro? Certamente, ela não cantava para mim.

O catalão que travara comigo relações amigáveis ou cúmplices (certo Monolino Riba, a quem chamávamos, mais familiarmente, de Manolin), contou-me o que se dizia, entre companheiros de salina, sobre a moça solitária e sobre sua curiosa intimidade com o grande cornígero.

— Eles comem os dois juntos — confiou-me ele — e, embora ela tenha o seu quarto na casinha à beira da água, fica mais na palha do estábulo do que em lençóis de cristão. Uma mulher que se deita com animal é uma ofensa ao homem. Leva o mal consigo aonde for. Por mais que se faça figa ou mostrem os dentes, vê-se o demônio nos olhos dela. Para tirá-lo de lá, não é sangue de peixe, é sangue forte e vivo que deverá escorrer da cabeça aos pés da mesquinha.

Apesar dessas conversas inquietantes — que, aliás, me deixavam cético —, eu não hesitei em falar, quando surgiu a oportunidade, com a senhorita Rodogune. E pouco a pouco, como eu não tentasse absolutamente cortejá-la, ela respondeu às minhas simples investidas, e me parecia que se habituara à minha companhia, mas os catalães zombavam de mim assim que me viam com a mulher do carneiro. Fungavam ruidosamente, ou tapavam o nariz como se eu tivesse o odor do chefe de um rebanho; caçoavam balindo para mim, tocando-me para ovelhas imaginárias; apontavam-me dedos conjuradores. Manolin, quando estava no grupo deles, fingia não me conhecer. Quanto aos sardos, nada diziam, dissimulavam o gesto prudente, mas olhavam muito para Rodogune, e naqueles olhares havia tudo no mundo, afora benevolência ou simpatia.

Eu quisera, por uma curiosidade de que não me orgulho, saber quem ela era, de onde viera, saber as circunstâncias que a haviam trazido à ilha, mas não pude tirar-lhe informação alguma, e ela se retraía numa reserva triste à mínima questão precisa. Sem rancor, sua reserva se dissipava assim que eu deixava de ser interrogador. Manolin não estava mais bem informado do que eu, ainda que estivesse em meio às confidências dos velhos operários que haviam entrado nas salinas muito tempo antes da chegada da donzela. Tudo o que pôde me dizer foi isto:

— Ela tem família perto de Marselha, que a ajuda a viver.

Todo dia primeiro de cada mês, vai ao continente pegar seu dinheiro no correio.

Com efeito, a senhorita Rodogune não havia de ser despojada de recursos, pois eu nunca a vira trabalhando senão para manter limpas suas roupas, lençóis, sua casa ou o estábulo do carneiro, e para preparar sua comida, que era basicamente peixe e arroz à marinheira, frutas, laticínios e mel. Ela admitia raramente que lhe matassem um franguinho; privava-se totalmente de carne vermelha.

Um testemunho superficial julgaria frívolas nossas conversas. No entanto, não as acho banais, suspendidas, como eram, aos mais leves movimentos de nosso humor, como aos saltos da brisa. Tagarelar assim não é tagarelar por ares e ventos? Nada há de que goste tanto quanto disso, que me foi sempre impossível com companheiros da espécie masculina e que me foi dado algumas vezes na sociedade das caras "pessoas encantadoras", jamais tão à vontade quanto ao pé de Rodogune. Do carneiro não falávamos a não ser para louvar-lhe a beleza, e não me passaria pela cabeça dizer que ele era dócil, ainda que o parecesse ser num grau pouco comum. Mostrava por ele o maior respeito, com gestos e palavras, sabendo que assim eu agradava Rodogune e que o contrário tê-la-ia entristecido muito.

O que agora descubro, com um atraso de três ou quatro anos, é que tenho minha parte de responsabilidade na catástrofe. Foi preciso, não sei por quê, que eu retornasse à ilha e caísse neste monte de trapos, sonhando bem desperto, enquanto golfadas de gás elevam-se fazendo barulho na minha barriga, para que enfim eu veja o quanto fiz mal em ter dado confiança a Rodogune. Confiança nela, em mim; confiança no céu, na terra, nas ondas em que ela ousou banhar os joelhos. Desconfiada, ela se defendia bem das pessoas, pois não havia nenhuma espécie de comunicação entre o mundo delas e o seu. O silêncio e os véus negros em que se envolvia protegiam-na como uma regra de claustro. Meu erro (talvez) foi ter rompido aquele isolamento, e pelo acordo com um homem, que eu lhe oferecera, foi tê-la aproximado de todos os outros até não poder suportar sua exclusão, fazer-se até mesmo agressiva, por necessidade de uma relação qualquer, fosse esta de guerra na falta de amizade.

Certamente, eu devia ter tido cuidado. Devia ter compreendido e tê-la avisado, quando me disse que ia mostrar-lhes quem era ela, dar-lhes uma lição memorável.

A cada dia ela se tornava mais viva e mais espontânea. Mais bonita também, parece-me, e é provavelmente a razão pela qual fui incapaz de impedir a desgraça.

Um domingo, devíamos nos encontrar na baixada, à borda da marinha de sal. Num azul terrivelmente nu, o sol de agosto jogava uma luz tão violenta que meus olhos, sem óculos, foram ofuscados, e eu os abria o menos possível. Foi à sombra de uma cortina de canas gigantes, altaneiras como bambus, que vi Rodogune; reconheci-a de longe pelo porte e pelo andar (que são ainda incomparáveis), mas havia nela um brilho insólito, que eu não explicava. A uma menor distância, notei que ela estava com um colar de ouro, de grandes bolas cinzeladas, com brincos de pingentes que caíam até os ombros, cuja brancura uma blusinha traspassada mal escondia, e nos cabelos trazia um lenço de rosas de lantejoulas, que não assentaria mal no mais rico altar de uma igreja no Peru. Ademais, ela enlaçara uma fita vermelha no pescoço do carneiro, e inventara de pintar-lhe os chifres com ouro líquido.

Que elogio lhe teria eu dirigido, malgrado minha surpresa, para cumprimentá-la pela jóia e pelo traje? Não sei mais. Aliás, ela quase não me ouviu, e não me mostrava tanto contentamento quanto agitação, ou mesmo febre. Quis descer outra vez com ela pelo lado do canavial, que formava um caminho verde, agradável à vista, entre a água doce e a água salgada, mas ela recusou meu conselho e se lançou direto e rápido num dique de terra que atravessava o pântano em direção aos galpões. Seus passos incomodavam grandes borboletas pretas, cujo vôo fazia um reflexo violeta, e os cardos à beira d'água cintilavam como candeeiros por causa dos cristais de sal que o vento atara a suas arestas. O carneiro, atrás de sua dona, parecia embaraçado de estar tão esplêndido (a fita devia incomodá-lo, ou o verniz lhe queimava a pele da fronte). Eu acompanhava um pouco a distância. Aquele grande mamífero, fantasiado de pécora, lembrava-me um curioso artigo do *Dicionário* de Bayle sobre o assunto do amor pelas cabras, paixão especificamente latina, extremamente antiga, igualmente condenável na opinião dos moralistas e das pessoas de bem. Os soldados italianos que assediaram Lião no século XVI, sob o duque de Nemours, traziam consigo uma quantidade de cabras "cobertas de caparazões de veludo verde com grandes galões de ouro", que lhes serviam de raparigas.

Segundo d'Artagnan, havia aproximadamente duas mil cabras. Que alarido, se elas tivessem sininhos... Basta!

Ruminando essas velhas leituras na lembrança, entorpecido de calor e de luminosidade, estava eu logo atrás, quando Rodogune chegou a um lugar plano onde os operários jogavam bocha. Aí (sem dúvida era o triunfo esperado), assim que a viram com o carneiro, abandonaram o jogo para correr até ela, mas como se corre atrás de um ladrão ou assassino. Os catalães eram os mais furiosos, injuriavam minha amiga, tratavam-na pior do que a uma infame.

Eu me precipitei. No entanto, não pude intervir (e dar, como queria, a prova de minha bela coragem...), pois Manolin os havia acalmado em seguida gritando-lhes alguma coisa que não entendi. Pegaram seus paletós e deixaram o terreno. Sem olhar, sem uma palavra ou gesto em nossa intenção, bateram em retirada em direção a uma cantina, à beira-mar, onde se fornecia um vinho pesado e escuro. Nos assoreamentos, cercada de bancos, ficava uma choupana de paus e folhas secas que eu conhecia por ter ali bebido às vezes, sábado ou domingo à noite, quando os sardos estavam ébrios e cantavam os cantos de sua terra; melopéias infindas, pontuadas de notas agudas no recitativo, ritmadas por palmas, repiques de peito, encerradas em queixas roucas tão longamente sustentadas que pareciam rasgar a noite. Tudo numa língua estranha, recheada de espanhol e de latim, com aquele jeito de elevar-se do fundo dos tempos e das mais remotas idades do homem, de que eu gostava.

"Apaziguar Rodogune", pensava eu, mas ela estava muda, e acho que nunca soube chorar. Quando tentei dar vazão a tudo o que eu sabia estar nela bramindo, foi pena perdida: desatou a rir, e me deu medo, pois eu ouvira aquele riso sem alegria numa capela em que duas loucas se abraçavam sob a cruz, em Volterre, num hospício que eu tivera a permissão de visitar. Ela recusou meu braço, proibiu-me precipitadamente de acompanhá-la e se afastou, seguida pelo carneiro, rumo a seu domicílio.

Aquele dia, os salineiros ficaram até tarde bebendo e confabulando. Eu tinha um pouco de esperança em Manolin, ainda que isso não incluísse confiança. Para tentar encontrá-lo, passeei atrás da cantina, sentei-me no topo de uma pequena duna e ali demorei, sob as estrelas. Ora! Não vi ninguém; não ouvi nada de canção.

Meu retorno foi difícil, pois não havia lua e eu patinava desesperadamente, caindo em buracos de água, quando passei o mar. Estava tão cansado que renunciei ao banho na manhã seguinte. À tarde, decidi visitar Rodogune. Minha inquietude (é curioso pensar, e tenho vergonha desse otimismo vil que deploravelmente é da minha natureza) se dissipara com a escuridão, tanto que, sem tê-la esquecido, já não considerava de modo algum trágica a cena da véspera, e lembro que me divertia como uma criança, sondando o terreno.

Levava na cabeça, para que não ficasse enlameado, um pacote de sal-gema que pretendia dar para o carneiro lamber, já que ele era ávido por isso mais do que tudo.

Quando cheguei à frente da casa de Rodogune, encontrei porta trancada, e a madeira cinzenta daquela porta estava molhada de sangue como um balcão de açougue. As folhas da janela (única), a porta do curral, estavam enxovalhados de piche. Eu bati, chamei, meus esforços de nada serviram; entretanto, eu poderia jurar que a casa não estava vazia. Depois de muito ter esperado, feito muito barulho, fui buscar ajuda. Debalde.

Na ilha onde eu corria como um furioso debaixo do sol, acho que fui duas ou três vezes de uma costa à outra, escalando os rochedos, atravessando terrenos forrados de espinhos, passando a pé pelos canais e os charcos. Os operários fingiram estar muito ocupados para poder me responder. Vi apenas figuras tão duramente fechadas quanto a casa pobre de minha amiga, não encontrei ninguém que quisesse me ajudar a arrombar a porta ensangüentada. Coligados como camponeses contra o oficial, seu mutismo e obstinação me rebatia como fazem pedras a uma bola de borracha.

Mais tarde, somente, soube da verdade (não inteira). A imaginação ajudando, consigo ver alguns traços daqueles homens malvados, que permaneceram desconhecidos. Mascarados com um tecido branco pintado com uma caveira, se forem os sardos, ou de cara descoberta, se, como estou inclinado a crer, forem os catalães enamorados de todas as mulheres e ciumentos, abrem com chaves falsas a porta do estábulo, pois não há de se ver ali nenhum sinal de arrombamento. Então, durante o sono de senhorita Rodogune (que — perdoem os maldizentes — estava em sua cama de moça), eles degolam o grande carneiro e, sem muito rumor, cortam-lhe a cabeça e a carregam, deixando que o corpo enrijeça sobre a palha renovada na véspera. Essa cabeça, de chifres pintados com insolência sob o pêlo eriçado, colocam-na no alto da porta da casa, de modo que o sangue escorre e impregna a madeira até a soleira. O alcatrão fornece um verniz lúgubre, que convém ao crime e ao ultraje. Depois a noite lhes acoberta a fuga.

Seja qual for o esforço que eu agora faça, é-me impossível imaginar minimamente o que se deu quando Rodogune, nas primeiras horas da manhã, abriu sua porta como todos os outros dias, e que na luz toda nova e alegre viu-se brutalmente confrontada com o sangue e com o horror. Acho que ela mesma despregou a cabeça do ser que amara e, piamente, lavou-a no mar antes de trazê-la de volta para casa. Em todo caso, fechou-se muito tempo com o despojo.

Eu revi Rodogune, revi-a ontem ainda, depois desses anos de ausência. Ela responde ao meu cumprimento, e quer até me dizer algumas palavras, mas há em sua atitude e em sua voz tanto de frio, de distanciamento quanto uma monacal da mais reclusa ordem. Ela retomou seu véu preto, que a envolve mais severamente do que nunca, protegendo-a um pouco contra os insultos e a zombaria que lhe prodigalizaram, e que seu silêncio, no fim, desarma. Por que sempre se recusou a deixar a ilha? Talvez por uma última bravata, que seria digna de seu caráter.

Quando se passa diante da janela aberta, vê-se o crânio do carneiro, limpo de toda carne pelas formigas e pelo sal, mas de chifres dourados ainda, que está pregado acima da cama de Rodogune, como um grande crucifixo bizarro num quarto de monja.

AS PEDREGOSAS

Para Octavio Paz

> Vou dizer seu segredo: de dia, ela é uma pedra na beira do caminho; à noite, um riacho que corre ladeando o homem.
>
> *Octavio Paz*

"Está gelando de rachar pedra" — essa pequena frase estava instalada na cabeça de Pascal Bénin desde que ele deixara as últimas casas do subúrbio e, quando para livrar-se dela forçava-se a pensar na estufa de seu quarto, ou no quadro negro da escola, nas crianças indóceis e no barulho da cera na ardósia (imitada), somente conseguia, a cada vez, uma trégua quase nula. Depois de um minuto ou dois, ou de uma centena de passos, as palavras voltavam, rasgando a imagem enfraquecida, e logo em seguida se encadeavam na mesma ordem tirânica. O mestre-escola (é o título que lhe davam, em reuniões) preocupava-se moderadamente, pois a frase parecia-lhe nada conter que pudesse levantar suspeitas, e ele notara, já, em casa, esse fenômeno que se liga a uma espécie de falha da vontade, pelo qual palavras importunas, como corpos estranhos, penetram na consciência. Ele ia pelo meio da estrada, onde soavam os ferros de suas solas.

Quando estava passando perto de um monte de pedras (sílex, abundantes na região, cujo subsolo margoso veiavam, e destinados ao empedramento), deu-se um grito bastante agudo, que não era muito diferente do barulho, dantes ouvido, que produz, ao trincar-se, o cristal espesso de um jarro. O grito viera de baixo, e pareceu que fosse de um pedregulho redondo, pouco maior que uma bola de bilhar, que tinha rolado para longe do amontoado no espaço em meia-lua. Pascal foi pegar aquele ali; que estava muito leve para não ser oco. Na mão, virando-o e revirando, viu que o pedregulho estava quase fendido numa circunferência inteira, mas seus dedos enluvados de lã penavam para separar as duas metades, e ele pôs o pequeno globo no bolso, a fim de examiná-lo à larga quando chegasse a casa.

Corvos levantaram vôo a alguns metros do passante, inofensivo, evidentemente, pois não tinha arma de fogo. Suas asas, sob o céu cinzento, desenhavam em preto letras M muito abertas, que são, ao contrário do W de *evviva*, a grafia abreviada de *à morte*, como se vê pichado com carvão em múltiplos endereços, nas paredes de casas na Itália. Bénin andou mais rápido, não que o preocupassem aqueles sinais no céu, que são comuns e que haviam comparecido em cada um de seus circuitos de inverno, mas um vento duro se levantara, chicoteando-lhe o rosto, e ele tinha pressa de abrigar-se.

A gola de seu sobretudo, que ele mesmo alongara, cobria-lhe as narinas, e tal roupa lhe caía quase até os calcanhares; do outro lado, pregados também por ele, botões suplementares permitiam uma fechadura estreita que o moldava como uma senhora chinesa, à pequena diferença que não era cingido embaixo e ele podia andar afastando as pernas. Dentro desse sobretudo preto, reluzindo de gasto, Pascal Bénin, que era alto e muito magro, não deixava mentir seu apelido de "chaminé" que se transmitiam a cada ano as crianças da comunal. Um chapéu da mesma cor, cuja copa ele apertava um pouco, aumentava a similitude e o ridículo.

Ele tremia, no entanto, apesar de seu traje empetecado, quando chegou à porta de casa, pois o vento se encorpara ainda mais durante seu retorno. Os fios do telégrafo davam uma nota tão alta quanto a das sirenes de alarme.

No seu quarto, a estufa não estava apagada. O mestre-escola viu com satisfação que havia fogo atrás da mica, esquecendo que o utensílio outras vezes o irritara por causa do apêndice do cano, sustentado por correntinhas, que ia terminar num buraco do teto. Se havia algo entre tantas afrontas que ele nunca perdoaria a seus alunos, era o apelido detestável com que lhe haviam alcunhado. Estando amena a temperatura, ele desabotoou-se, e aí um peso insólito e o inchaço de um bolso lembraram-no de seu achado.

— Ah! — disse ele (e não era a menor de suas esquisitices pensar em voz alta, na solidão) —, a pedra que os sábios denominam "geodo"... Vejamos mais de perto.

E ele pousou a pedra redonda sobre o criado-mudo, tão perto da estufa que o mármore estava morno, e a pedra deu um grito de novo, que, é claro, não era uma crepitação.

Depois de ter recuado, de pavor ou surpresa, o professor caiu (como se diz) em si, e foi pegar seu canivete suíço. As facas desse gênero, marcadas com uma cruz no cabo, são bem resistentes, ainda que não sejam sempre originais, e a de Pascal Bénin suportou galhardamente o esforço. Se tivesse partido, o homem poderia talvez ter sido salvo; mas estava escrito nalguma parte, decidido nalgum lugar, sem dúvida, que o homem tinha de estar perdido. Tendo então introduzido a lâmina mais grossa na fissura da pedra, Bénin, de uma pancada só, quebrou-a em dois pedaços.

O interior formava uma cavidade atapetada (ou melhor: eriçada) com belos prismas violetas, embaçados um pouco, onde se reconhecia uma cristalização de ametista grosseira. Três pequenos seres vermelhos se encontravam no fundo de uma das metades da esfera, e eram mulheres, ou moças, belas como aquelas mais esplendorosas ou as mais provocantes que se mostram nos palcos de cabarés, mas de tamanho um pouco menor do que os palitos de fósforo mais curtos.

Intrigado, o professor virou a parte em que elas se abrigavam, e bateu com o dedo na borda, devagar, para obrigá-las a pôr o pé no chão, isto é, a vir ao criado-mudo. A pele delas tinha a cor de groselhas maduras, com uma transparência que mostrava um pouco o esqueleto; a cabeleira, muito lisa, era tão preta quanto os pêlos, crespos e lustrosos. Duas delas choravam, e puxavam os longos cabelos cobrindo o corpo, como se tivessem vergonha de estar nuas. A outra, no entanto, que superava suas companheiras em mais ou menos um centímetro e estava penteada com um coque pesado, ergueu-se diante do homem com arrogância, e enquanto ficava ali plantada, com as mãos na nuca para ficar mais arqueada, ele viu que ela tinha as formas tão cheias que precisaria ser um asno para não se sensibilizar. Mas ele não ousou tocá-la, apesar do desejo, pois aquele corpo esplêndido e minúsculo tinha um ar de maldade, assim como certos répteis ou certos insetos venenosos.

— *Puellae sumus, que vocamur lapidariae, sorores infaustae, ancilae paniscorum. Natae sumus sub sole nigro...*

Quando a ouviu falar, ele arregalou os olhos, estupefato em descobrir que a maldade daquela jovem serpente era solar, antiga, mediterrânea, aparentada com a barbárie dos últimos séculos do paganismo. Era latim (decadente) e ele quase não entendia; sua extrema atenção não bastava para nada perder daquela fala pronunciada num tom de flauta, agradável ao ouvido, aliás, ainda que muito baixa, e que impressionava por seu caráter singularmente infra-humano.

— *Nudae sumus egressae ex utero magnae matris nostrae, et nudae revertamur illuc.*

De qual gigante podia tratar-se, de cujo ventre, como abelhas pelo buraco de uma colméia, teriam saído (para regressar um dia) as pequenas criaturas, no mesmo estado de nudez em que ele via pavonear aquela ali no mármore da mesa de cabeceira? Era delírio ou retórica? Ele censurou, pela primeira vez em sua vida, as formas nobres da linguagem, desejou ouvir um falar franco, o simples jargão dos garotos, quando zombavam dele, fugindo depois da aula.

Sua interlocutora (se é que um homem que mede um metro e oitenta e sete pode usar esse termo para com uma pessoa que não tem nem cinco centímetros de altura) não se calava mais. Minuciosamente, embora de modo bem pouco explícito, contou-me que as três, ela e as irmãs, eram aquela espécie de moças a que a gente (mas a quem se referia esse *"gente"*?) denomina *pedregosas**, e que havia quase dois milênios elas se encontravam fechadas dentro do geodo, aonde tinham sido precipitadas, outrora, na hora em que não há sombra, sob (ou pelos) raios de um sol negro. Aquilo bem parecia vasconço; no entanto, era pronunciado num tom tão persuasivo (e a tagarela oferecia tão prontamente sua nudez miúda), que não era difícil ver ali certa realidade. Ela acrescentou que por culpa dele, estúpido, que rompera a crosta de seu pequeno mundo, elas iam morrer, mas que as emanações da atmosfera interior de um geodo que

---

* Impossível traduzir-se a duplicidade do signo francês *"pierreuses"*. O termo se refere ao mesmo tempo ao aspecto de pedra que assumem as minúsculas criaturas de que trata o texto, e que, por estarem dentro de uma pedra seriam denominadas "pedregosas", e a prostitutas, pois *"pierreuses"*, no passado, era usado para designar as mulheres que ficavam nas ruas. Preferimos manter a idéia do "material", pois o fato de as criaturas procederem de uma pedra parece-nos mais relevante neste conto, deixando que as outras alusões ao caráter mundano dos seres se façam perceber na seqüência do texto.

contivera pedregosas eram mortais para os homens da espécie grande, e que ele pereceria também, vinte e quatro horas depois delas, no mais tardar.

Assim que terminou sua conferência, ela bocejou voluptuosamente no nariz do mestre-escola, sem nada ocultar de sua carinha escarlate, depois levantou os braços e ficou alguns instantes na ponta dos pés, para estirar o corpo. As duas outras vieram ficar ao lado dela; o exemplo devia ter vencido sua timidez, pois seus cabelos já estavam passados atrás das costas, e elas descobriam, bravamente, o que quiseram esconder havia pouco. Da mesma idade (aproximadamente dois mil anos, a crer nas palavras latinas), eram todavia bem menos formadas do que a irmã, a penugem das axilas era menos brilhante, e seus seios tinham aquela graça um pouco lilácea que somente se vê no colo de meninas-moças.

O trio, de mãos dadas, desenhou um círculo, depois um triângulo com os braços estendidos. Foi o início de uma dança convulsiva (como esses autômatos, nas tampas de *bombonières* musicais) que traçava figuras quebradas assim que construídas, mas de uma geometria tão rigorosa que fascinava o professor, e que o teriam jogado, sem dúvida, no estado de hipnose, se tivesse durado muito tempo. Para acompanhar os passos, as irmãs cantavam frases latinas ainda; cantavam numa voz colérica e surda, como fazem as servas e cortesãs atrás das barras de janelas gradeadas, como fariam as mulheres na prisão, não fosse a regra de silêncio. Ao mesmo tempo que cantavam, sua cor se avivava estranhamente, passando ao vermelho claro da brasa quando o fogo vai pegar, e assim, uma após a outra, chamas curtas se fizeram, consumindo as três bailarinas.

Algumas pitadas de cinza, como deixa uma ponta de cigarro que se negligenciou apagar, acusavam parcamente, no mármore, os pontos onde elas tinham desaparecido. O primeiro

As pedregosas

pensamento de Pascal Bénin, que se lembrava do discurso ouvido, era que, assim reduzidas, elas teriam dificuldade em entrar de novo no centro de sua "grande-mãe", a menos que essa fosse simplesmente a Natureza, tal como a Grande Deusa da Ásia, ou uma personificação (feminina) do Fogo elementar, e nesses dois casos, não obstante, a palavra *útero* lhe parecia precisa demais para não ser de um emprego abusivo.

Distraída mas cuidadosamente (não sendo esses dois advérbios tão incompatíveis como se tenderia a crer), ele recolheu a cinza num papel enrolado e despejou o conteúdo nos cristais de ametista, no lugar onde, pela primeira vez, vira as pedregosas. Confrontou as duas metades do geodo, certificando-se de que nenhum fragmento faltava. Depois, como era jeitoso e se divertia reunindo em construções frágeis pedaços de espelho e pratos quebrados, pegou um tubo de certa resina celulósica que se denomina, vulgarmente, "solda-pedra", e colou as duas bordas da fratura. Raspou com a unha um pouco de resina escorrida, apertou bem para que o conserto ficasse perfeito. Em seguida, abriu a janela, e no parapeito pousou o geodo.

Fora, o vento baixara; apesar disso, o frio nada perdera de sua agudeza. Pancadas de martelo, no ar seco, tiniam com uma ressonância glacial. O sol, que estava quase no horizonte, tinha uma cor um pouco sulfúrea, como os bicos de gás no fim da noite quando a pressão chega a baixar. Pascal Bénin fechou a janela o mais rápido possível, passou pelo quarto um olhar desconfiado: tudo entre as quatro paredes guarnecidas com pobres estampas estava na ordem costumeira. Então, ele se perguntou se não dormira alguns minutos, depois de ter voltado, e se não fora a presa de um sonho ruim, mas a cama estava intacta, e o geodo, reconstituído, encontrava-se no estreito peitoril, do outro lado da vidraça; ele sabia perfeitamente que, se o recolhesse e quebrasse novamente, daria à luz um leve montinho de cinzas sobre os cristais violetas.

Tivera, talvez, a impressão de ter ouvido palavras latinas, ou ainda, se pronunciadas realmente pelo monstrinho vermelho, talvez ele não houvesse entendido claramente sua significação, pois um mestre-escola, que aprendera rudimentos de latim outrora, e não é esquecidiço, possui muito menos saber nessa área do que o mais estúpido pároco do campo.

"O pároco é que devia ter catado essa maldita pedra...", pensou Pascal Bénin, e se jogou completamente vestido na cama. Fechando os olhos, não conseguiu entretanto relaxar. De que lhe serviria, aliás, descansar, visto que ia ficar naquela cama sem mais se levantar até o instante próximo de sua destruição?

MÓRBIDA MIRAGEM

Para Geroges Hénein

Inútil, inútil país em que as mulheres são
muito frágeis para serem amadas de perto
Geroges Hénein

Um homem de aparência assustadora encontra-se num jardim habitado somente por estátuas, ao que parece, pois os guardas, há muito tempo, fecharam os portões. Fora, há a noite, um lento curso de água, povoados tranqüilos, e, ao longe, o mar. Sentado à beira do tanque de um chafariz, no meio de um círculo de ciprestes, para um auditório de pedra, figuras de ninfas e pequenos personagens monstruosos, o homem assustador fala:

— Quando a noite se iluminava — *disse ele* — no início de setembro, tinhas medo, criança, na casa muito velha onde eu te requisitara. Os dias estavam quentes, naquele ano; foi a noite da mais quente estação. Pelos vãos da persiana, antes de cada trovão, dois olhos iam brilhar num alto espelho cinzento, duas estrelas de seis pontas, selos legendários, cinzas também, testemunhos de um antigo rei do Oriente e daquela que se diz ser a mais bela das mulheres negras, que foi carregada (talvez) por lentos caminhos pedregosos. O fogo daquelas estrelas mostrava uma cama num quarto vasto, lençóis emaranhados, durante o tempo de um raio. Fora, a chuva amarrotava a água do canal, de onde eu achava que derivava o lixo. E gemias, criança, vendo-te quase nua, em cima de um tapete desbotado, ao pé da cama desfeita, numa casa velha atravessada pela faísca e pelo vento.

Não sei mais qual animalzinho eu tocara com a perna, que eras tu mesma, criança, mas nenhum dos que queria em teu lugar, na minha maldade; um cão ligado pelo faro a seu dono, uma gata de pêlos emanando centelhas sob o dedo, como um pente no escuro. Estúpido imbecil que eu fui! É... o trovão se afastando, tu deslizavas na cama, perto de mim, para uma carícia que te daria (ou devolveria) confiança. Teu corpo estava molhado de suor; teus cabelos curtos estavam molhados. Pareceu-me que uma espécie de foca tivesse subido até a margem (esta cama não muito elevada, no nível do chão, como à flor da água), que me chamasse a uma mistura contra a natureza e que eu faria muito bem em expulsá-la. Não fora eu, entretanto, que te atraíra para ali? Mas acabávamos de sair dos anos de ódio, as paredes estavam pretas ainda, riscadas de chumbo, e parecia que não ser cruel era faltar para com a embriaguez de viver. Em suma, eu te disse que choveria mais forte dali a pouco, e que tu devias atravessar correndo a ponte pela qual vieras.

A ponte dos padres, a ponte dos cães, a ponte do leãozinho, a ponte da mulher honesta, a ponte dos tetões (onde as cortesãs, outrora, expuseram a cara sem véu e maquiada, a fim de vencer, se possível, a inclinação dos jovens senhores à sodomia), a ponte dos dados (e não da sorte), a ponte dos punhos (onde homens combateram, com os pés fixados em marcas cavadas), a ponte dos assassinos, a ponte da piedade, a ponte do sepulcro... E outras, às centenas, ou mais... Degraus que não acabam mais no solo baixo desta cidade, onde nunca se entrou num quarto sem ter atravessado pontes, como os cavaleiros nos torreões dos castelos de aventura!

Vieras a minha casa, não apenas uma noite, mas várias. Toda vez que ao final da tarde o ar estagnante, ou arrastado como uma rede pelo pesado vento do sul, jogava nos canais um calor que embaçava o mármore e fazia transpirar, responderas ao chamado. Um garoto em farrapos, o filho do carvoeiro era meu embaixador, ia dignamente pelos caminhos estreitos, mais para vielas do que ruas, levando na mão uma grande amarílis palidamente rosada; e as flores de cabeça inclinada tinham um cheiro ácido e doce que nos perturbava a ambos, porque assemelhava-se ao teu, criança, quando a amêndoa se entreabria em teu ventre branco no nosso leito secreto. Eu te esperava no alto da escada, sentado numa poltrona imponente, o coração tocado (acho), a alma voltada para a tristeza. Não havia luz além daquela que conseguia filtrar-se através de uma cortina espessa, vermelho rubi. Apenas o suficiente para guiar-se entre o corrimão e o emadeiramento, para não bater em fanais, correntes, uma roda de cobre, vestígios de um navio antigo, perdido, sem dúvida.

O vinho, escuro também, num frasco estojado de palha, ficava no chão, ao alcance do meu braço. Freqüentemente, eu tomava um copo cheio, e o gosto acre do mosto de uva selvagem descia profundamente no meu corpo, enquanto minhas idéias, pobres meninas a teu serviço, tornavam-se confusas, e subia, não sei de que fosso bestial, o sono da hora meridiana, com seus devaneios breves e violentos. Eu cedia um instante, recobrava consciência, surpreso de me ver noutro lugar e não embaixo dos pinheiros esmaecidos como se os houvessem sangrado sem medida, num esteval ruço onde eu teria procurado lactários e os primeiros boletos, arautos do outono.

Depois, tu vinhas; eu ouvia a campainha, já teu riso à porta (que um botão sob meu dedo comandava), teu passo na escada rangendo. Íamos ao quarto quase sem luz, pois as visões do devaneio deixam aos olhos uma fraqueza imensa, e, ainda que fosse por uma felicidade que houvesses tido (talvez) de te mostrares a mim, eu não teria permitido que se abrissem as folhas vazadas em forma de estrela. Gradeada de tela fina, naturalmente, aquela estrela. As vedações foram feitas sem negligência nessas lagunas que os mosquitos infestam.

    Das roupas tiradas, do vestidinho embolado debaixo da cadeira dura, do qual me livrava às cegas, dos sapatos esparsos em que eu tropeçava, que direi? Não há nada, nessas lembranças, que não seja familiar a todos os homens. Mas que a hora passava e se enterrava tão rapidamente no fundo do espelho em pé diante da cama, anuviado pelo ar úmido e pelo sal havia mais de um século, o qual só vagamente podíamos enxergar, como uma espécie de lago vertical diante de nosso par, eis do que quero me lembrar; pois havia naquela "perda" do tempo sob o amálgama antigo, enquanto debulhávamos prazeres agudos, alguma coisa de doloroso que eu atribuía sem dúvida ao amor. Notório também o fato (embora não fosse insólito, em dias tão quentes) de o trovão não faltar a nenhum de nossos encontros. E aqueles olhares ardentes que nos lançava o espelho, acesos pelos raios de fora, não eram, como riscos de balas ou de lâmpadas marcando alvos de tiro em feiras, os vertiginosos instantes sumidos, ressurgidos no estanho fúnebre?

    Que eu tivesse gosto em teus medos, criança, até mesmo em tuas lágrimas, não te negarei (negar, confessar, palavras que eu queria jamais ter empregado em minha vida, tão livre de juízes me tenho sentido quanto um milhano no céu!). Sim, era-me doce que fosses abandonada. Tenho uma inclinação estranha e forte por tudo o que está desamparado, pelo que está aflito, à noite sobretudo, como por esses pequenos destroços na margem do húmus, pousados na areia onde a vaga os ameaça, e que outrora eu colecionara. Mas tal inclinação não está despojada de certa ternura, e sei bem que não sou capaz de amor algum de que ela não faça parte. A maldade estúpida, de que me acuso, vai além.

Meu erro, o verdadeiro, foi ter-te deixado partir quando tinhas medo e sozinha, o temporal ao longe rugindo ainda, ter-te obrigado a partir ainda antes que estivesses apaziguada. Como pude fazê-lo? Teria sido simples, e ter-me-ia contentado, sossegar-te ou manter-te perto de mim, e se eu não houvesse acreditado ver, no teu lugar, aquela espécie de gato alisado pela água, aquele focinho de fuinha molhada, gotejante... Imbecil que fui, na verdade, repito-o!

Logo após tua partida, a imagem do animal inquietante (a de uma cabeça com pequenas orelhas redondas, pois, quanto ao que é do corpo minha visão nada produzira de que me possa lembrar) desapareceu, e encontrei sob a franja preta o rosto lindo de minha criança, os grandes olhos negros daquela que eu, de tão louco, não detive. Corri até a janela, no escuro, abri a janela, fiz gestos e dei gritos. Mas havia apenas desconhecidos que me olhavam curiosamente do outro lado da ponte, diante das portas de um cabaré, e o barulho dos beberrões impedia que meus gritos se propagassem. Uma fila de gente saía, uma outra se embrenhava na ruela curva, onde devias ter ido adiante.

Então vesti-me com pressa, infeliz que me tornara, de repente, mais do que acreditaria ser possível. Pus trajes pretos, uma camisa preta também, sem pensar que minha aparência ia fazer reviver aos olhos dos habitantes um passado detestável, e não pus gravata, e saí de casa, como um desvairado.

A noite caía. O bairro era pobre. Luzes tremeluziam na fachada dos verdureiros, nos lados das ruas tão estreitas que se circulava no máximo com um guarda-chuva aberto, durante os aguaceiros, como num sonho, e nas quais dois homens decididos impediriam facilmente a passagem a uma multidão. Poças ainda permaneciam no pavimento, e os bueiros inundados as esvaziavam lentamente, e as pessoas desviavam com precaução, mas eu corria sem olhar aonde iam meus pés, enlameando-me, enlameando os outros, e ouvia que amaldiçoavam o inimigo do povo, atrás de mim. Pouco me importava, pois eu estava procurando minha criança perdida.

Andei muito tempo pelas ruelas desta cidade que, em razão de sua antigüidade, das ilhotas sobre as quais está construída e dos canais que nela se cruzam, tem o desenho de um labirinto. Subia, descia as escadarias dessas pontes inumeráveis que jamais permitiram à roda (a nenhuma máquina tributária dessas, nem mesmo à humilde carriola) penetrar na cidade; eu escorregava nos degraus que a chuva havia lixiviado. Em nenhum lugar, nos dois ou três caminhos que fazias habitualmente e que percorri em todos os sentidos, vi a silhueta encaixada no fundo de minhas pupilas como a imagem fada que torcemos para que seja mulher enfim, e que venha a nós. Entrei em antros de beberrões (há muitos, numa cidade que tem os mais gloriosos bêbedos do mundo), onde poderias ter querido abismar-te de corpo e alma, mas as roupas escuras que eu pusera faziam de minha pessoa um objeto de abominação, e eu tinha logo de fugir, perseguido pelas zombarias, injúrias, feliz se nenhum copo se arrebentasse na madeira das janelas, perto da minha cabeça.

Como estava longe a minha maldade, nesses instantes em que me tratava como animal bruto com raiva!

No desespero (pois tinha a impressão obscura de que não voltarias), ia tocar à porta de onde sabia que moravas, uma casa triste, onde jamais quiseste que te viessem procurar. Depois de uns bons minutos, duas velhas, mãe e filha no entanto, saíram no jardim exíguo enfiado debaixo das heras. Atrás do portão, sem abrir, elas me fizeram perguntas estranhas. Transvairavam e suspeitei que fossem loucas; depois elas me expulsaram ameaçando chamar a polícia.

Vaguei. Quando passei debaixo de uma janela, esvaziaram um jarro de uma água fétida de que só desviei em parte. Crianças correram atrás de mim, gritando num jargão que eu não entendia bem. Esperava por pedradas, mas faltavam-lhes, aparentemente, projéteis.

Mais tarde, cheguei ao limite da cidade, que era, de todos os lados, o mar (a água das lagunas pelo menos, quando não, a imensidão viva). Um cansaço inexprimível pesava sobre mim. No cais onde eu andava penosamente, e que estava deserto por causa da noite e da distância do centro, vi uma mulher, que esperava não sei o quê, sentada num desses grandes ganchos de ferro que servem às amarras e que se denominam "abitas". Uma mulher que se parecia com minha criança querida, mas não era ela — parecia-se contigo, criança, numa fotografia que possuo e que tiramos uma vez quando, para dançar, trajavas o vestido e o xale de uma avó. Essa mulher usava um vestido de seda preta que caía até o calcanhar, de mangas longas, curiosamente bordadas, e na cabeça tinha um lenço semelhante aos de outrora. Um fanal estava colocado perto de seus pés, virado de modo a pôr-lhe a face à luz o mais que possível. Então, vi que seu rosto parecia com o teu, minha criança perdida, mais do que é concedido pela natureza em raras ocasiões, e me aproximei dela.

Levantando o fanal, ela iluminou minha pessoa, por sua vez, e me considerava com um ar de compaixão, mas não de surpresa. Seu desvario, diria que combinava com o meu, ou lhe correspondia. Estávamos um e outro naquele estado de quase embriaguez ou demência compartilhada que é próprio aos encontros noturnos e que faz jorrar entre dois seres, homem e mulher geralmente, uma espécie de traço de fogo, mais chamejante ainda se ambos estão miseráveis e extenuados, se estão com os nervos rompidos, desfeitos por uma sorte absurda e vingativa. Assim estava eu, pensando em quem já não tinha. E na triste lassidão daquela mulher eu acreditei ver minha própria tristeza e meu esgotamento, refletidos no espelho daquele belo rosto, que era irmão do teu, minha criança. Ela disse as palavras "camisa preta", mas não parecia que falasse a um condenado, como parecia que eu era aos olhos de todos, por meus trajes. A voz dela não se distinguia da tua senão por uma certa fissura, que podia atribuir-se à idade, ou ao infortúnio.

A marulhada acalentava docemente uma embarcação de casco tão escuro, que não a vi no primeiro momento, e a mulher me disse (como se se tratasse de algum convite há muito aceito) para subir, e que ela iria comigo. Diante de um bateleiro, sempre pensei na morte, enquanto em minha idéia os barqueiros são sempre os alegres companheiros do prazer. Por que isso? Eu não saberia explicar, mas é assim por fantasia ou revelação, nas categorias de minha alma. "Minha bem-amada deve ter deixado este mundo", pensei, e era a morte que me esperava sob seus traços no limite da cidade, no vestido longo da avó que minha criança usara outrora para um baile. Pensei no teu riso que tilintara por entre as máscaras, e que eu não ouviria mais, sem dúvida. "Se é a morte — pensei — que tomou tua face e tua roupa para levar-me a ti, bem-vinda seja ela"; não podia haver melhor encontro na noite, no cais deserto onde a cidade se acaba.

Sem mais hesitar, pus o pé no barco. A mulher desatou prestemente a amarra e se juntou a mim de um salto, ágil apesar da saia comprida. Um homem saiu da cabine, completamente vestido de preto, também ele, e ligou o motor puxando uma corda, e a lancha afastou-se da margem.

Estávamos sentados em almofadas de crina revestidas com um veludo da tinta mais escura, surrado, desprovido de brilho. O tapete, debaixo dos nossos pés, era do mesmo tecido. As bordagens, da mesma cor de todo o resto, tinham uma semeadura de pequenos pregos que desenhavam lágrimas; eu não podia evitar comparar esses tristes ornamentos com os motivos de azeviche que pesavam no pescoço e nas mangas de minha vizinha, e uns não tinham um aspecto menos desagradável do que outros. No capô, empinava um cavalo de prata, animal fabuloso por excelência numa cidade em que nem seu passo nem seu relincho jamais retiniram, onde ele só penetra no estado de cadáver destinado a açougues baratos, mas onde, fundido em quatro exemplares num bronze dourado suntuosamente, domina as portas da catedral, diante da praça onde o povo se ajunta. Aquele animal mítico e sagrado não era para me deixar à vontade. Oh! Não... Outros detalhes, gostos de um barroquismo tumular, surgiram ao meu olhar. Eu pensei — e o horror me tomou — que embarcara num bote fúnebre, o qual provavelmente fizera parte de um cortejo dirigido ao cemitério da ilha dos vidreiros, à tarde, e que aquela mulher de olhos feros e roupa bordada de lágrimas, se não era a morte encarnada, devia ser uma carpideira. No entanto, ela era a surpreendente imagem de ti, minha criança bem-amada, gasta por anos que a ti não poderiam sobrevir, se, como eu receava, tu houvesses cessado de viver.

A lua não levantara ainda; atravessou-me a mente a idéia de que talvez não a visse mais, nem muito menos ao sol. Íamos em direção à terra, em alta velocidade, na noite, num canal sinalizado por bóias luminosas. O céu estava estriado de linhas telegráficas, telefônicas, cabos de alta tensão levados a antenas de colunas de alumínio, e tudo isso faiscava fantasmagoricamente com raios de fogos brancos, vermelhos e verdes, piscando por todo lado de uma borda à outra da laguna. Lâmpadas enguirlandavam os novos reservatórios de petróleo com um brilho de neve. Quase não se viam as estrelas.

Virei-me para a mulher, movido por uma vontade de me confiar, repentinamente. Disse-lhe o quanto estava triste, e que a seguira porque, em seu abandono, ela se parecia muito com minha querida criança, a quem eu decepcionara quando ela estava com medo do temporal, com a criança que eu expulsara de meu quarto cruelmente, eu não sabia por quê, nem por qual demônio instruído, e que procurara em vão, toda uma noite, pelas ruas da cidade. Disse-lhe minha aflição, na verdade. E que não me tratasse, por favor, como inimigo, como me haviam tratado em todo canto, naquela noite. Ela me respondeu sem inimizade, mas tão estranhamente que precisei me esforçar para me habituar a seu delírio.

Enfim, acreditei entender que, como o piloto de farda escura (que eu via de costas, na cabine), ela pertencia a uma seita formada por antigos partidários do regime vencido, que vestiam de novo com nostalgia, algumas noites, a roupa de antes, para esquecer o presente ou espezinhá-lo às escondidas, em cerimônias noturnas, e que ambos me haviam tomado, por causa de meus trajes, por um sectário que deviam conduzir ao lugar da reunião. Acenderiam — dizia ela — um fogo, num jardim de ruínas, e formariam, dando-se as mãos, círculos de homens e mulheres de uniforme preto e girariam em sentido contrário ao dos ponteiros de um relógio, reencontrando assim, pela embriaguez das chamas e do turbilhão, o passado abolido. Eu estava convidado para essa comemoração, já que o presente me ferira e que o futuro me desesperava. Eu não estava usando, por sinal, o traje dos sectários?

Voltar ao passado, ah! fosse isso possível, e com que alegria eu correria à festa deles... De que giros de dervixes não faria parte, voltas de cabras loucas, para apagar minha maldade? Imaginei que voltara ao início da noite, que me encontrava no meu quarto contigo, no momento do primeiro trovão, que tragava tua boca aberta e que te acariciava os cabelos. Então, chorei de verdade, sem mais olhar aonde íamos.

Quando chegamos ao termo (onde era? tenho lembrança de um canal, de casas sem luz), e, quando, desembarcados, atravessamos por uma brecha um muro soterrado debaixo dos espinheiros, houve grandes árvores que se fundiam na languidez da noite. Meus companheiros tomaram uma alameda de ciprestes, eu peguei outra, do lado oposto àquela, e parei diante de uma água tranqüila, suplicando (mas a quem, então?) que me fosse dado ver ali, ao lado do meu, o belo rosto da minha criança perdida.

O homem assustador se cala, pois a lua, surgida acima do círculo de ciprestes, derrama uma luz turva, e ele vê seu reflexo na água escura do chafariz, entre formas brancas que são somente a nudez de deusas e anõezinhos zombeteiros vestidos de padres de comédia.

O NU ENTRE OS CAIXÕES
Para Joyce Mansour

Não sou mais do que uma carniça vertical.
Joyce Mansour

Puristas, sem dúvida, me censurariam por falar de "exercício da sesta", apesar da agradável fórmula de "ginástica napolitana", que está em voga e que ouvi empregada por alguns italianos do norte. Pouco importa a palavra, aliás, em relação à coisa. Limitar-me-ei, pois, a dizer que Daniel Point, seguindo um velho e quase cotidiano hábito, estava se abandonando a essa doce desocupação, quando uma moça entrou bruscamente em seu devaneio, circundou-se de um cenário e depois, tiranicamente, nele instalou-se. Foi assim: Point havia fechado os olhos diante de um grande espelho que se encontrava acima do sofá em que estava deitado, em sua moradia no México. Achou que continuasse a olhá-lo, que parecia aumentado, no entanto, de maneira vertiginosa e aprofundado até as dimensões de uma sala comprida, alta e mediocremente iluminada, como se vê às vezes, atrás da vidraça de uma loja que lança um pouco de luz numa rua escura. Sob o teto sustentado por finas colunas de ferro dessa sala de tonalidade cinzenta, uma moça evoluía entre sólidos oblongos, espécies de peixes, ou pequenos cetáceos de abas retangulares entre as arestas vivas que eram caixões em fila quádrupla. Contrariamente ao habitual no início de devaneios (pelo menos os de Daniel Point, que tinha pouca diligência após as refeições), a moça estava inteiramente nua.

Seus pés pequenos ainda que um pouco largos, como esses que sapatos mundanos raramente apertam, e que estão mais acostumados às sandálias, pousavam numa laje poeirenta, que os havia sujado bem além da planta. A linha dos dedos era quase reta; as unhas tinham vestígios de esmalte rosa, outra prova de sandálias; os tornozelos eram um pouco grossos. Mais acima, a barriga da perna, os joelhos e as coxas eram de um roliço perfeito, um polido de pedra escura passada no óleo e numa flanela, de uma solidez flagrante. O único defeito, caso se queira, de tudo isso era a falta de comprimento (ou de alongamento) segundo o critério da moda. O olhar do sonhador (ocupado, como pensava, em "fazer o inventário"), que se abandonava às partes baixas para logo voar até o topo da coisa, e fixar-se ali antes de descer novamente, descobria uma cabeleira estranhamente curta de um castanho quase preto (sendo a natureza tão avarenta de preto absoluto no cabelo da mulher quanto de azul nos diamantes); olhos muito grandes, de um castanho dourado mais escuro que a pele, mas do mesmo tom, sob os cílios finos e uma franja comprida e achatada; um nariz rechonchudo sem ser curto, terno, farejador à maneira de um focinho; uma boca bastante grande, de aparência carnívora com seus lábios de cantos arrebitados e dentes pontudos e brancos; um queixo curto não menos sólido que as pernas, desenhado como a oval quase redonda do rosto (mais para ovo de tartaruga marinha do que para ovo de passarinho, pensou o sonhador, enfim, que comera na véspera, no café da manhã, três ou quatro desses da primeira espécie, semelhantes a bolas de pingue-pongue, servidos crus, depois quebrados, despejados numa xícara e regados com um suco de limão...).

Na categoria da esfera, era o colo da nudez surgida que triunfava com maior esplendor. A comparação, banal e velha, dos seios com balas de canhão encontrava-se excepcionalmente justificada, pois aqueles tinham uma forma regular, uma massa e um brilho que raramente se contemplam, a não ser nos museus de artilharia (ou no torso de estátuas da Índia). Eles despontavam um gomo quase preto sobre o fundo bistre claro da auréola e, quando o corpo se movia, seguiam seu movimento sem tremer nem vacilar, como se houvessem sido fundidos numa única peça no bronze. Abaixo, os ombros se equilibravam com uma suavidade flutuante, prolongados pela ternura dos braços de bela fuselagem, pela amabilidade das mãos gordinhas (que evocavam as mãos de uma religiosa espanhola, nalgum antigo quadro); embaixo, a cintura era admiravelmente fina e fazia um contraste absurdo e monstruoso com o enchimento espesso do ventre, com a capacidade da bacia, com o tamanho dos quadris e as ancas, com a violência desabrochada da carne, invólucro e indício de uma máquina fêmea em bom andamento. Sob os braços, bem como no triângulo do sexo, a cabeleira era estreita e curta, ainda que cerrada, escura e brilhante. Desprendia-se daquele corpo uma impressão de profundeza e de potência tranqüila, que colocava aquela moça evidentemente na ordem das criaturas terrestres (em oposição ao fogo, ao ar e à água, ou ao domínio da lua). Contudo, a expressão de seu rosto era de extremo desvario.

A moça nua quis passar da terceira trave, onde estava, à segunda, no centro da galeria, e, em vez de ir até o fundo e voltar, ela pulou dois caixões colocados um sobre o outro, o maior, no chão, preto com lágrimas de prata, o de cima laqueado de rosa-choque, ornado de alças, de fechaduras e de guirlandas douradas do mais frívolo gosto. Ela talvez tenha ficado um minuto em cima do caixão rosa, com as coxas abertas como num cavalo de sela, o torso inclinado para trás, antes de apoiar-se na tampa da caixa inferior e de cair outra vez, ligeiramente, no chão. Uma nuvenzinha de poeira elevou-se no momento da queda, como um vapor num piso ardente, combinando bem com aquele corpo nu, aqueles esquifes de cores pastel ou de *lokoums**, aqueles arabescos de pregos, aqueles floreios de ouro, para criar a fugidia ilusão de um banho turco. Os caixões tremeram com um barulho de caixa vazia.

O sonhador perguntou-se de onde vinha tal barulho, já que poderia jurar tê-lo ouvido, no silêncio que nele se fizera, abolindo ou rejeitando num diferente estado de consciência o alarido da avenida para a qual dava a janela da salinha, e onde roncavam furiosamente os motores e as buzinas. Semelhantemente, estava ele inventando o resto, o espetáculo ao qual fora estranhamente convidado? Também não. Estava ali, diante dele e o constatava. Temia ter rompido, com essas interrogações, o fio do devaneio; coisa que muito lamentaria, pois começava a interessar-se apaixonadamente pela jovem pessoa despida que transformava em ginásio uma loja de pompas fúnebres. Felizmente ela permaneceu diante de seus olhos (ou no campo se sua visão interior). Também não foi alterado o cenário no qual ela agora estava avançando, o que a fazia aumentar sob o olhar do observador, permitindo perceber os mínimos detalhes do seu corpo. Ela caminhava no meio da ruela construída pelos caixões empilhados, esticando o braço às vezes para acariciar com a mão uma caixa mais bonita, ou rabiscar na poeira sinais indecifráveis. Muito jovem seguramente. Desconcertante.

No passado, Daniel Point impusera nomes às pessoas de seus devaneios, para levá-las a se tornar personagens e para que fossem capazes de ação. Mas o jovem corpo de mulher que

---

* *Lokoum*: doce árabe muito popular na França.

captava sua atenção tinha já tanto de presença e de realidade, comportava-se de maneira tão autoritária e inesperada, com uma personalidade tão verdadeira, que teria sido provavelmente bastante deslocado, desajeitado, impertinente mesmo, conduzir-se para com ela como para com as vãs silhuetas de antes. Point perguntou-lhe então (tacitamente, escusa dizer) qual era seu nome (já que tinha a certeza de que não era inominada); ele lhe perguntou a aventura do porão onde ela se achava, como os cavaleiros perguntavam às damas de outrora a aventura do castelo nos quais eram por elas introduzidos.

Ela respondeu bem "naturalmente". Quer dizer que uma vez mais, sem ouvir realmente as palavras que pareciam nascer nos lábios da moça (e se as houvesse realmente pronunciado, não seriam francesas, mas espanholas...), Point não as estava inventando, não, ele as recebia de alguma maneira obscura, como essas frases caídas não se sabe de onde, que vos vêm ao ouvido, à noite normalmente, na insônia, e que é preciso anotar o quanto antes se se quer guardá-las na lembrança. Ele pensou ainda que nunca tivera devaneio tão pouco dirigido como o atual, e agradou-se do papel passivo que lhe cabia e convinha à sua preguiça. Seu esforço não ia além de fazer repousar os sentidos, para abolir o mais possível a representação do mundo exterior e nada perder dos feitos e gestos e, principalmente, do discurso da moça.

Meu nome — *disse ela* — é Mariana Guajaco. Quem sou, o que eu era, aliás, tu não me perguntaste, e seria bem incapaz de te dizer com exatidão, pois a única coisa de que estou mais ou menos certa é de que não serei nunca mais aquela Mariana violenta e alegre de que me lembro vagamente ainda, a moça feliz e simples, encantadora (a crer nos elogios dos homens), que vai cair no profundo esquecimento. Já basta que eu tenha um nome, ou que o tenha tido, e que me tenha dele lembrado para te dizer.

Vou esquecê-lo logo (eu quero), como esqueci meu pai que mo dera, como esqueci minha mãe que, segundo a pia fórmula, me dera a vida. Ela teria feito muito bem em pegar um sabre de matadouro para cortar seu sexo em cruz e para arrancar os seios. E também meu pai (segundo sua natureza). Ambos morreram há muito tempo. Não tiveram caixões assim tão bonitos como este em que me equilibrei há pouco, pois éramos pobres. Depois que morreram, vim ao México para trabalhar. Isso há dois ou três anos. Eu tinha quinze ou dezesseis anos. Fiz dezoito há uns dias. Parece-me que sou mais velha que esses ídolos de pedra cinzenta que os camponeses daqui encontram às vezes cavando a terra, ou no lodo dos lagos, quando a água baixa depois de calores intensos, e que os estrangeiros compram por muito dinheiro. Os deuses adquirem valor à medida que envelhecem e afundam na lama; se fosse a mesma coisa com as mulheres, eu poderia logo (agora) vender meu corpo mais caro que Merry Dolores que rebola o traseiro entre os espelhos no palco do teatro Tivoli!

Pouco depois da minha chegada, entrei para uma oficina de costura, mantida por um judeu triste e terno que tinha emigrado de Cracóvia. Um apartamentinho onde éramos cinco moças, e a jovem mulher do patrão, com oito máquinas de costura (mas havia sempre duas ou três que não funcionavam), atarefadas de manhã até à noite, cortando e costurando camisas de cores vivas, gritantes mesmo, segundo o gosto dos turistas que acreditam estar assim se vestindo de mexicanos e dar-se importância quando voltam para seus países. Foi ali que ganhei minha vida até ontem, mal paga, bem tratada, não infeliz, em suma; e, como não mais voltarei lá, que me seja permitido lançar uma última olhada para a pequena oficina de Sacha Moser onde se amontoam em todo canto camisas coloridas como os caixões deste porão. Eu tinha ali uma amiga que se chamava Mara Bienfamado e que era polonesa por parte de mãe; castanha alourada, tinha os olhos azuis, um lindo nariz curto, dentes muito brancos entre lábios finos; sua desenvoltura me fazia inveja; sua voz escorregava em torno das palavras com um sotaque doce, como se o pensamento estivesse bem longe do que dizia. Ligamo-nos logo e, azar se riam as moças da oficina, dávamos sempre um jeito para que nossas máquinas ficassem uma ao lado da outra.

Outrora (ou seja, antes que a morte dos meus me houvesse obrigado a vir para a cidade grande), eu sentia pelos homens menos interesse do que afastamento, pois eles são brutais, mesmo muito jovens, no distrito provinciano em que vivíamos, e minha mãe me pusera medo narrando-me o horrível estado em que se achavam as moças que consentiam em seguir os rapazes nas montanhas durante as noites de lua cheia; e depois eu temia meu pai, que tinha tanta brutalidade quanto os piores, e eu era uma criança, ou quase. Mas no México eu mudei de opinião, e achei que fora uma besta antes. É à Mara Bienfamado que devo o fato de ter conhecido a emoção, depois o prazer, que se experimenta junto aos rapazes, e a ela agradecerei por ter-me levado a descobrir um novo mundo. Ele lhe era familiar havia vários anos, ainda que ela só fosse uns três ou quatro meses mais velha do que eu.

Na hora de fechar a oficina, exceto nas noites de chuvarada, saíamos juntas e passeávamos, andando rápido, sorrindo aos homens e olhando as vitrines (ou o contrário); jantávamos salgados nos bares, croquetes no palito, crepes recheados nos quais havia mais condimento do que carne e que nos queimavam a boca enfastiando-nos um pouco, o que nos agradava; em seguida, quando tínhamos ainda alguns pesos e parecia-nos que estávamos bonitas, íamos dançar em lugares que eram tanto mal-afamados quanto baratos. Ficava com inveja de Mara, que dançava melhor do que eu e que os jovens tiravam mais freqüentemente, mas, se às vezes eu permitia que meu par colasse o rosto no meu ou me apertasse devagarinho, eu não ousava nada mais, e Mara zombava de mim quando nos encontrávamos na rua com os vadios do baile e eu fugia, enquanto ela se deixava levar, orgulhosa como uma rainha que se conduz ao cadafalso. No dia seguinte na oficina, enquanto pedalávamos nossas máquinas, ela zombava mais ainda, sem desviar um só ponto de sua costura.

Uma noite que estávamos perdidas nos bairros da periferia, entramos, curiosamente, num "club" de aparência medíocre. Era o andar térreo de uma casa que poderia estar tanto em demolição quanto em construção: passava-se por um corredor abarrotado de vasos sanitários, de bidês e de lavabos, de canos colocados no chão, de pias e torneiras, antes de chegar a um grande lugar central onde pedaços de muro faziam cantos como camarotes de teatro, entre as pilhas de tijolos, de cimento e de areia munidos de peneiras e de pás de pedreiros debaixo de escadas de mão que levavam a andaimes, entre cordas que se equilibravam, papéis de parede arrancados de divisórias, esvoaçando, cortinas esfarrapadas. Alguns móveis do século passado mais ou menos arrebentados, vários sofás de pêlo rosa, uma cômoda de acaju estavam jogados naquele canteiro, e mesas, com cadeiras bambas, preenchiam todo o espaço do resto em volta de uma pista irregular, onde se dançava. A orquestra ficava no alto, numa espécie de varanda interna, de onde caía ruidosamente a música.

Estávamos sentadas a uma mesa um pouco retirada e havíamos tido a precaução de pagar imediatamente, para o caso, não muito improvável, que estourasse uma briga e fosse resolvida por tijoladas. Mara dançou primeiro comigo, depois dançamos com homens cujas conversas enfadonhas eu não escutava. Durante um giro de pista, vi um rapaz alto, que estava sozinho em sua mesa, não longe da nossa, e que me olhava cada vez que eu passava na sua frente. Eu o olhava também, pois ele tinha olhos de um azul extraordinariamente claro (quase branco, muito mais transparente que o das pupilas de Mara), que pareciam fazer buracos em seu rosto e que me rebocavam para ele com uma força que eu jamais sentira antes daquela noite. Muito moreno, de tez e de cabelos, ele estava vestido com um poncho e calças igualmente pretos, tinha um ar sério e reservado, não dançava, (me) olhando apenas, como se estivesse de luto e houvesse vindo ao baile por desafio ou distração. Fui eu quem se levantou, depois de algum tempo desses debates óticos, e fui até ele (como ousei?) para tirá-lo para dançar. Mara me olhava com estupor. Era sua vez de ficar com inveja. Quando o rapaz me apoiou contra si e colou o rosto no meu, como ele nada dissesse, disse-lhe eu que nunca vira um homem tão bonito quanto ele, e, quando senti que puxava com a mão minha blusa para tirá-la da saia e acariciar-me o flanco nu, deixei-o fazer, lamentando apenas ter posto um sutiã que limitava um pouco a carícia. Mas ele teve a destreza de desacolchetá-lo, e, sempre dançando, fez flutuar a blusa em volta da minha cintura, e eu me sentia em sua mão como a água de um riacho durante um banho noturno. Dançamos ao menos dez vezes em seguida sem voltar a nos sentar, depois, sem nos termos consultado, partimos juntos deixando Mara sozinha.

Ele me levou a um quarto onde eu tentava em vão me ver ao seu lado no espelho mal limpo da penteadeira, sob uma iluminação ruim, entre cortinas assustadoras, listradas de vermelho escuro e de malva, que caíam de todo canto, impedindo que se distinguisse o lugar da janela; e, se é que havia uma, não devia ter sido aberta por dias ou semanas, tão sufocantes eram o cheiro e a poeira. Ali, ele acabou de me despir, com a precisão rápida de um enfermeiro ou de um estripador, e me fez ir até uma cama grande tão baixa que tive a impressão de estar deitada no chão; ele se juntou a mim e me dilacerou, após ter-me acariciado preliminarmente por alguns instantes. Um pouco surpreso, sem dúvida, que eu fosse virgem para ele, disse-me que me amava, tornou-se desastrado em palavras, embaraçado para agir. Gostei ainda mais dele e me exaltava, imaginando seus olhos claros no escuro. Assim pertenci a Luís Lozano. Ele teve meu corpo e todos os meus pensamentos absolutamente, como eu acreditava ter os de sua pessoa também.

Depois de pouco tempo, eu fiquei grávida e me alegrei com isso. Tive uma filhinha, que conta agora cinco meses de idade, e que denominamos, em minha homenagem, Marianita. Mas acho que ela se parece menos comigo do que com ele, o que a torna para mim ainda mais preciosa, ou a tornava, melhor dizendo, pois não há nada hoje, nem mesmo Marianita, que tenha para mim o mínimo valor, depois do que me aconteceu a noite passada. Vou explicar-me: primeiramente, eu quero me debruçar sobre a doce imagem de Marianita, como fazia antes em seu berço, lembrar-me do imenso amor que lhe dedicávamos ambos e que nos unia, nossa angústia comum quando ela adoeceu e tossiu, nossa felicidade, muito recentemente, quando íamos vê-la, aos domingos, fora da cidade, em casa de uma velha parente de Luís que aceitara tomar conta dela esperando que pudéssemos trazê-la para casa, quando nos casássemos e tivéssemos uma moradia. Com efeito, havíamos decidido esperar para nos casarmos no dia em que houvéssemos economizado o suficiente para nos estabelecermos sem ser numa maloca, e viver com alguma decência. Faltava pouco.

O trabalho de Luís Lozano é quase inconfessável. Disso rimos muitas vezes, em nossos momentos (numerosos) de bom humor. Luís é (ou melhor, era, visto que ele não existe mais para mim, e que devo me habituar a pôr no passado toda a minha vida, como uma morta) zelador noturno num pequeno motel, onde ele alugava quartos, com garagem, aos casais que vinham em busca de um abrigo provisório, mais confortável e mais discreto que o interior de seus carros. Ele dormia uma boa parte do dia e trabalhava a partir das cinco horas da tarde até o dia seguinte de manhã. Uma noite por semana tinha folga, e ia então aos cabarés ou aos salões de baile, pois estava muito habituado à vigília para conseguir dormir antes das horas em que a maioria das pessoas se levantam e tomam café. Foi assim que eu o encontrara, durante uma dessas noites de repouso justo em que ele tentava espantar o tempo à custa de álcool e de barulho, esperando ter sono. Eu o encontrava no escritório do motel, em sua "fábrica", como ele dizia, diariamente ou quase, depois de ter terminado meu trabalho e comido alguma porcaria na rua, e depois de ele ter acomodado seus clientes antes do jantar. Os da noite se apresentavam mais tarde, e nós fazíamos o melhor que podíamos para ocupar bem o intervalo! Como ele não podia, por causa de seu emprego, vir ao meu quarto ou acolher-me no seu, e como eu estava na oficina quando ele estava na cama, só teríamos permissão de nos amar uma vez por semana, se não tivéssemos aproveitado o motel. Este ficava próximo à estação, num terreno vagamente fechado; duas longas filas de barracas cobertas de tetos acaltroados, pintadas de branco e rosa alternadamente, que bordava uma espécie de rua pedregosa, no fundo da qual, debaixo de uma árvore bastante grande, era o pavilhão de serviço, com um bar íntimo onde Luís tinha o controle das garrafas. Uma empregada o ajudava, apenas trocando as roupas de cama e levando bebidas aos quartos. Todos estes ficavam no nível da garagem contígua, para a qual dava uma portinha, ao lado do banheiro, e ia-se com alguns passos do carro à cama, sem arriscar ser visto por ninguém. Uma buzinada, ou um piscar de faróis na janela, separava-me de Luís. Ele pulava para fora dos lençóis, punha as sandálias, o poncho e as calças com uma presteza maravilhosa, corria à porteira, recebia o preço cobrado, abria uma garagem disponível; depois juntava-se a mim tão depressa que me parecia que meu prazer não sofrera interrupção alguma. Eu era feliz.

Hoje, à saída da oficina, fiz um pouco de companhia à Mara, que me repreendera por ter-me tornado distante; depois eu fui ao encontro mais cedo que de costume, pois não se deve esquecer que estamos na estação das chuvas vespertinas, e o céu tinha um ar particularmente ameaçador. Quando cheguei, as primeiras gotas começavam a cair. Eu não comera nada, e Luís também não jantara, mas bebera, ao contrário, vários copos de álcool, com um casal pândego ou tímido que retardava com libações renovadas a hora de entrar a sós entre quatro paredes, descobrir a cama e passar o ferrolho. Nós achamos na geladeira pimentões recheados, congelados no molho vermelho, pegamos espigas de milho, quentes e moles, um pote de geléia de goiaba e, estando o motel ainda vazio ou quase, corremos nos refugiar no melhor quarto, aonde Luís não esquecera de levar antes um litro de rum branco. Despidos ambos, colocadas as provisões sobre o lençol entre nós, empanturramo-nos, e Luís bebia no gargalo da garrafa mais rápido e mais imoderadamente do que se dispusesse de um copo, enquanto eu preferia, depois de alguns goles, ficar na vontade. Tinha já a boca e o cérebro em fogo, e a água da torneira quase não me tentava, não que tivesse medo, como os turistas, de pegar amebas, mas sentia preguiça à idéia de descer da cama e me afastar de meu companheiro. Menos inclinado ao amor do que ao álcool, parecia, naquela noite, Luís apenas apalpara duas ou três vezes meu corpo nu, como se acaricia um cavalo trêmulo, e eu esperava ainda que ele resolvesse se ocupar de mim mais seriamente, quando o temporal desabou com uma violência que me pareceu inaudita, e o comparei, em pensamento, ao que se conta dos piores bombardeios e se promete no fim do mundo.

O barulho do trovão, dilacerante, em vez de ser apenas um rolamento, coincidindo com os momentos em que a noite se iluminava por uma grande faísca, significava, eu sabia, que o temporal estava acima de nossas cabeças e que nós nos encontrávamos em cheio na zona exposta ao raio, mas a própria noção do perigo não me era tão insuportável quanto a maneira com que a barraca vibrava sob o vento e a chuva (ou granizo), com o rumor de tambor negro, ou melhor, de um milhar de tambores tocados por um povo de gigantes. Eu me arrepiava como um animal que houvesse sido amarrado a um poste no meio de tal concerto gigantesco, suava horrivelmente, tive vontade de vomitar. Não menos que o fenômeno atmosférico que rugia fora, seria necessário, tenho certeza, atribuir aqueles males à comida pesada de que me servira com excesso e precipitação, sem nada beber além de um pouco de rum, mas eu me perguntei se não estava grávida de novo. Um cheiro ácido emanava do meu corpo, que eu nunca sentira antes com tanta força e que parecia o de uma bateria de acumulador derramada. "É por causa do temporal que me carregou de eletricidade — pensei — que estou com este cheiro profundo." Entre dois trovões, o urro de uma buzina nos chegou, furioso apelo de um carro que estava parado no pátio e esperava, sem que fôssemos avisados de sua presença, pois as faíscas incessantes nos haviam impedido de ver os faróis. Luís pegou sua capa, que levara para o quarto, e precipitou-se para ali. Quando voltou, praguejante e ensopado, encontrou-me encarquilhada e dura, insensível às suas mãos. Irritou-se, bebeu vários tragos. Sob uma descarga fulminante mais violenta que as outras, toda luz se apagou no motel. Foi o momento que escolheu um segundo carro para apresentar-se, pedinchando com grandes estrondos o quarto e a garagem. Luís saiu de novo, completamente nu sob a capa, descalço. Ele voltou com pior humor ainda, depois de um longo tempo, pois o casal quisera velas para iluminar, as quais ele teve de procurar no bar, e acho que zombaram dele, de seus pés enlameados e de sua capa de plástico um pouco transparente. Eu me enrolara embaixo, no lençol caído da cama, na esteira; ele me empurrou com o pé sem que eu soubesse se era pancada ou carinho, e não acho que ele o soubesse melhor do que eu; mas, de uma maneira ou de outra, eu não tinha nenhuma mágoa em lhe servir de capacho. Como visse que eu não reagia, desviou de mim, preferindo a garrafa. Alguns resmungos alternando com os ruídos de goela deixaram-me ouvir que ele suspeitava que eu houvesse bebido em sua ausência e estivesse totalmente embriagada.

Depois de um tempo que pareceu curto, de tanto que eu afundara num sentimento de baixeza e solidão na qual encontrava uma grande paz, as lâmpadas reacenderam. O temporal havendo-se afastado, a chuva havendo cessado, ou quase; o roncar do trovão já nem se fazia ouvir. Eu sacudi meu corpo e meu espírito para me pôr em condições de subir ao nível de meu amante e de voltar à vida comum. Mais simplesmente, vim à cama perto dele, eu o abracei.

Ele me acolheu muito mal, sem todavia me recriminar. Vi que estava tão longe de mim quanto eu estivera longe dele antes, e que, assim como eu mergulhara numa passiva humilhação, ele afundara numa profunda e glacial embriaguez, que lhe dava uma espécie de beatitude e que o cerceava do amor. Foi um solitário — assim como eu no tapete — que encontrei na cama. Em vão me esforcei em tocá-lo, em vão tentei restabelecer, por palavras e gestos, o contato rompido. Acabou que ele me pegou o braço muito brutalmente para me fazer descer da cama, e depois me ordenou que me vestisse o quanto antes e deixasse o quarto, que fosse aonde eu quisesse, que me entregasse ao primeiro que chegasse se tivesse vontade, que realizasse tudo o que me passasse pela cabeça, contanto que desaparecesse e que ele pudesse ficar tranqüilo com seu bom suco de cana. Acho que ele teria se tornado cruel se eu não tivesse obedecido, pois tinha esse caráter de gigolô que é comum em nosso povo, em que a questão de honra dos homens é impor sua vontade sobre e contra tudo. Então me vesti com a maior lentidão que pude, sem ar de provocação; eu esperava que um carro viesse antes que eu ficasse pronta, e, tendo de ir abrir um quarto, isso mudasse seus maus pensamentos, e que na volta, se não se aproximasse de mim, ao menos renunciasse a me expulsar. Tempo perdido. A chuva devia ter resfriado os ardores amorosos e, ainda que fosse em plena hora dos encontros, nenhum farol, nenhuma buzina, veio em meu socorro. Não tendo mais que vestir além de uma calcinha e um sutiã, uma saia, uma blusa bem pouco abotoada, estando desprovida de meias, pois eu usava sandálias à moda indiana que pedem o pé nu por causa de um cordão que passa entre os dois artelhos, era-me difícil fazer durar muito tempo minha toalete. Ele, entre duas golfadas tiradas da garrafa quase vazia, já se impacientava. Então me envolvi em meu *rebozo* de lã rude e, mesquinha, saí pela porta da garagem.

Mesmo havendo parado de chover fazia um instante, a rua sem saída do motel não estava destarte menos inundada: formara-se uma espécie de canal lamacento onde tive de patinar miseravelmente entre as pedras bambas, tábuas basculantes, telhas, pedaços de cimento, antes de chegar ao portão. Ali, vi charcos de água escura que ocupavam toda a largura da calçada, e galhos arrancados pelo vento juncavam o asfalto e as calçadas. Nada havia de surpreendente no fato de a cidade, apesar da hora, que não era muito avançada, estar deserta. Eu morava bem longe. Em vez de voltar para casa pelas vias movimentadas, o que prolongava notavelmente o percurso, peguei o atalho de uma rua que atravessava um bairro que se dizia ser mal-afamado, e onde Luís nunca me permitira passar durante a noite. Eu fora dócil até então, mas ele se portara de modo a me tornar a proibição caduca — eu pensava.

Não encontrei ninguém durante uma boa parte do caminho. No começo, por prudência, eu me restringi a caminhar no meio da rua, mas o solo estava tão esburacado, com tantas poças profundas mal iluminadas, que voltei logo para a calçada, a qual, sem estar muito mais organizada, tinha ao menos a vantagem de ser bem alta e estar relativamente seca. Caminhei ao longo das casas pobres que só tinham luz nas portas de *saloon* de bares pobres, fechadas com folhas duplas, deixando ver as cabeças e os pés de beberrões, e depois vitrines que eram só empresas funerárias baratas. Pois nesse bairro popular os exploradores da morte, por orgulho, talvez, de seu belo material, ou para lembrar aos passantes a sorte que espera todo ser em vida, ou até para dar a emulação aos assassinos, deixavam, durante a noite, a vitrine iluminada. Conta-se que eles estão de conluio com prostitutas que andam pelos arredores, ou que estagnam em duas ou três tavernas, as quais, por exceção, não são estritamente reservadas à embriaguez masculina. É bem sabido que nada dá ao homem o desejo de putas como imaginar a própria morte ou a de seus familiares.

Para descansar, pois as pernas se cansam rápido a mais de dois mil metros de altitude, parei na frente de uma dessas vitrines, onde caixões pretos e rosa num cenário de palmeiras e folhas de bananeira evocavam grandes peixes sonolentos entre as algas verdes, ao fundo de um aquário. Reforçando a ilusão, a luz parecia filtrada por uma água turva, atrás do vidro um pouco sujo sobre o qual se lia esta orgulhosa (ou vaidosa) inscrição: "Os caixões Vírgula põem o ponto final". Devo ter sorrido, apesar do meu sofrimento, e foi naquele momento que o homem me pegou o punho.

Ele saíra da loja sem que eu me houvesse dado conta, e a portinha se movia ainda de baixo para cima na calçada. Espiara-me do interior, escondido atrás das grandes folhas? É bem possível. Não pensei em gritar, primeiro porque meu desespero era tal que não temia mais nada no mundo, e depois porque o personagem não me parecia muito assustador. Pedro Vírgula, o vendedor de caixões, era-me conhecido, de vista, pelo menos, como a todos os moradores e à maioria dos freqüentadores do bairro, onde ele dirigia às passantes cumprimentos floreados. Era um homem mais para velho do que jovem, mas alerta, com um bigode pendente, uma boca de lábios grossos, olhinhos de olhar opaco sob sobrancelhas finas demais para que o desenho fosse natural. Pés nus nos chinelos, ele tinha uma camisa escura entufada em calças exageradamente largas na cintura e justas nos calcanhares. E não parava de balançar, à maneira de um macaco de circo.

— As mulheres bonitas sempre têm o nariz na vidraça de uma loja de moda — disse-me ele. — É bem natural: vestir-se, desvestir-se, vestir-se de novo, desvestir-se outra vez e assim por diante, eis todas as suas razões de viver, tudo o que se poderia chamar de profissão para elas. As roupas são feitas para as mulheres como as mulheres são feitas para as roupas. Mas é de perto que é preciso ver as minhas, belezinha: roupas realmente na última moda, roupas que não cairão nunca... É preciso passar do outro lado e ver todas as variedades, não custa nada, minha linda.

Sem me largar, ele me empurrou na abertura da porta e fechou-a atrás de si, pôs a chave no bolso. Eu poderia ter gritado, ainda aí, mas não o fiz, e, se resisti, foi pouco. Ele virou uma manivela, o que teve por efeito baixar lentamente a porta de ferro, por fora do vidro. Um barulho surdo, depois de um longo rangido da chapa, avisou-me que a cortina chegava ao fim, e que eu me achava prisioneira no meio dos caixões.

Em vez de me debater ou de gemer, olhei curiosamente as grandes caixas, surpreendendo-me que fossem tão agradáveis à vista. A sala era bem mais profunda do que se podia pensar, a julgar pela vitrine que dava para a calçada, e as quatro fileiras de caixões formavam como que três ruelas, cuja desembocadura não se percebia muito claramente. Um cheiro de madeira nova e de balas inglesas, o segundo perfume vindo das pinturas laqueadas frescas, pairava na atmosfera.

— Mulher! — disse Pedro Vírgula —, teu narizinho se abre largamente ao cheiro de meus tecidos. Tens razão em ter mais avidez do que receio. Nada resiste às belas gulosas e às lindinhas curiosas. O mundo inteiro se desmancha por elas, arrasta-se a seus pés como uma grande onda... Vem, agora, ao provador.

Ele me pegou pelos ombros e me empurrou no terceiro corredor, entre as paredes dos pesados caixões pretos, que se tornavam mais altos à medida que avançávamos. No fundo da sala, estas paredes se afastavam (às custas, naturalmente, do corredor do meio) formando como um quarto estreito, cortado em dois terços de sua superfície, por um alinhamento curvo de pequenos caixões de crianças, pintados de branco e dourado, ornados de alças e cabeças angélicas. Vários deles portavam candelabros de prata, colocados nas tampas. Um caixão de tamanho normal, mas azul e rosa, encontrava-se atrás da linha de demarcação, e na frente havia três outros, postos paralelamente no semicírculo. Não me senti horrorizada diante deste como tampouco me sentira diante de Pedro Vírgula, pois, assim como o ambiente de muitas cerimônias sociais ou religiosas, ele dava a impressão de ser o produto de muita inocência e besteira, e sobretudo de uma enorme infantilidade. É, ninguém senão uma criança (velho, se fosse o caso) podia ter tido a idéia daquele jogo macabro de construção, em que os caixões haviam sido empregados num papel que se reserva habitualmente aos cubos, aos dominós ou às esculturas de areia.

— Olha — disse-me Vírgula —, é meu teatrinho Tivoli. No grande teatro, as mulheres remexem o traseiro e a barriga sob a luz dos projetores, vêm rebolar diante dos espectadores do proscênio, elas se despem mais ou menos, mostram as pernas, os ombros, um pouco do peito, e não mostram o resto, por causa das ordens da polícia. No meu teatro particular, não é a mesma coisa. Nenhuma restrição é tolerada. E como guardar sobre si o mínimo fio, eu pergunto, quando se é admitida para figurar no cenário da moda eterna? As mulheres, geralmente, entendem isto na hora; se não, eu me encarrego de fazê-las entender.

Ele se exaltava visivelmente, e, se eu tivesse sido razoável, os motivos de receio, daquela vez, não teriam faltado; mas já disse que estava louca, ou praticamente, e que nada importava mais desde que Luís me expulsara de sua cama e do quarto tempestuoso. Sem desejar o pior, eu aceitava antecipadamente, sabendo que acharia ao menos uma certa paz de alma. Assim, eu observava curiosamente Pedro Vírgula (a curiosidade sendo a única paixão que não me fora retirada), já que a catástrofe por que eu esperava começava a mostrar-se naquelas suas estranhas conversas. Meu raptor me olhava também, e me repreendeu por não ter os cabelos longos nem as mãos enluvadas; depois, sem mais explicar-se, perguntou-me meu nome. Eu o informei, e ele disse que não era necessário que ele por sua vez se apresentasse, pois eu bem sabia quem ele era. Então, mandou que eu subisse no palco, ou mais exatamente que montasse na fileira de pequenos caixões, e ficasse no hemiciclo. Tendo-me achado dócil a todas as suas injunções, veio ainda acender as velas que guarneciam os braços dos candelabros, por preocupação, suponho, para que não faltasse nada a seu edifício maníaco, embora a sala estivesse já suficientemente iluminada pelas lâmpadas elétricas penduradas no telhado.

— E agora, teremos o prazer de ver a senhorita Mariana Guajaco dançar a passacale do tempo e da moda — gritou ele.

— A mulher é alguma coisa de excessivamente temporal, cuja necessidade mais urgente é a de ficar desmodada (ele aplicou a esta palavra uma força quase ofensiva). É só rejeitando a moda comum, isto é, libertando-se das ordens da estação ou do minuto atual, que se pode atingir a última moda, que é a da eternidade. Tenho a ambição de ser o costureiro que "desmoda"; minha divisa, não a faço mentir, proclama que minhas obras põem o ponto final. Sim. O teatro Tivoli, em sua forma mais perfeita, revista e corrigida por Pedro Vírgula, é antes de tudo um meio de "desmodar" a mulher e aprontá-la ao traje eterno.

Nada entendendo do que ele dizia, eu o olhava com cara de besta (eu acho). Essa paciente atitude não teve a sorte de agradar-lhe; ele se irritou, tirou do bolso uma navalha, abriu-a, e se pôs a gesticular furiosamente, dirigindo-me um discurso imperativo:

— Anda logo, minha filha, o público já esperou demais. Não esqueças que esse público, mesmo sendo reduzido a um único espectador, é exigente, já que não é ninguém senão *eu*. E não esqueças também que dispo com navalhadas aquelas que resistem ou que são exageradamente pudicas. Pior para a pele quando ela é inseparável da lã e do algodão, do náilon, da viscose ou da seda! Se quiseres preservá-la para o bom uso que dela farão teu marido ou teus amantes, ou simplesmente para cobrir com um tecido epidérmico liso teu sistema nervoso, teu esqueleto e tuas veias, mostre-a, pois, como no Tivoli, melhor do que no Tivoli! Descasca-te, manguinha, se não, olha a faca...

Se ele houvesse pego, para intimidar-me, um revólver, complemento indispensável de cada personagem masculino de meu país, eu teria enfrentado a ameaça sem deixar de ficar completamente indiferente, mas a navalha, que cintilava em sua mão velosa, lançando faíscas azuis, ia além do que podia suportar o coração mais endurecido. Como um fogo cortante, brandido bruscamente por um macaco, em se vendo apenas a lâmina agitada, diante das velas (o "corrimão" do teatro), eu a sentia passar em mim, penetrar em mim. Tive um arrepio em que o medo da morte não estava em questão. E fui obediente como ele desejava, mais do que ele esperava na melhor das conjecturas.

O teatro Tivoli não me era desconhecido. Luís me levara, uma noite, àquela sala popular, depois de ter-me avisado de que eu seria provavelmente a única do meu sexo, e que os homens lançar-me-iam brincadeiras injuriosas, mas eu ficara firme sob as pulhas, eu sentira uma estranha emoção vendo pavonearem-se e lentamente se despirem no palco várias mulheres, dentre as quais, algumas muito bonitas. Despi-me então imitando o melhor que podia os modos lentos daquelas lá, tomando o cuidado de não copiar todavia seus sorrisos, nem seus gestos de promessa ou provocação. Segundo os desejos sucessivamente expressos pelo dono do lugar, depositei primeiro meu *rebozo* purpúreo embaixo da parede fúnebre, tirei o relógio, a aliança de coração dentro da concha de mãos que portara outrora minha mãe, meus brincos, passarinhos de ouro que me dera Luís e de que eu gostava, e joguei tudo aquilo dentro de um caixão aberto, depois me descalcei, pois o tirano quis que eu ficasse descalça diante dele, e minhas sandálias foram juntar-se às minhas pobres jóias; abri em seguida, preguiçosamente, minha blusa rosa, fingindo estar incomodada em pôr os braços para fora das mangas, assim mesmo largas; desabotoei o cinto que segurava minha saia de grandes listras pretas e vermelhas, e, quando as roupas estavam no chão, precisei abaixar para pegá-las e jogar dentro do caixão; virei-me para que ele visse meus dedos desacolchetarem, nas minhas costas, o sutiã malva, e virei-me de novo quando ele exigiu ver meus seios abandonarem seu frágil invólucro, tirei enfim a calcinha de náilon bordada que fora o luxuoso ornamento das minhas noites no motel, e que me pareceu murcha como um cíclame seco, justamente prometida ao caixão, onde foi engolfada, com o outro adorno. A cada peça do meu vestuário que caía no cofre mortuário eu acreditara estar-me despojando de um pedaço da minha carcaça carnal, como dizem que fazem os dervixes, em suas cerimônias turbilhonantes, e, quando fiquei completamente nua, acho que eu via, sim, mas que não sentia mais meu corpo (ou melhor: eu o via como o de uma outra mulher, apiedando-me um pouco da sorte que lhe fora reservada). Pedro Vírgula, apesar de sua manifesta grosseria, não demorou a perceber o quanto eu estava ausente (de meu corpo, do palco, de nosso espaço comum), e me recriminou, acrescentando que era preciso rir e fazer brilhar o olhar, quando se estivesse nua, ou chorar, gemer, pôr as mãos na frente para esconder-se realmente. Sem serem contrárias a minha vontade (que não existia mais, eu acho), uma e outra atitude estavam fora do meu alcance; eu não respondi ao vendedor de caixões, e ele não ficou satisfeito. Quando me pediu que dançasse ou ao menos passeasse em seu teatro e desse viravoltas como uma comadre de revista, tampouco lhe obedeci, pois a própria navalha perdera todo o poder depois da provação de meu despojo, e nada no mundo seria suficientemente formidável para me dar entusiasmo. Então ele saltou a barreira branca, veio para mim e me obrigou a me deitar no chão empoeirado, sob a maior luz dos candelabros. Ali, depois de ter longamente examinado em todas as suas faces, virando e revirando sem deixá-lo à vontade para sair de sua posição abjeta, ele usufruiu do meu corpo. Quantas vezes, eu não saberia dizer, é a ele que seria preciso perguntar para ter, neste ponto, uma resposta exata (considerando-se que ele não seja muito gabarola, o que é duvidoso!). Eu ficava como que excluída do ato por uma ausência sempre mais distante e mais afirmada, que podia passar por soberba numa pessoa rebaixada tanto material quanto moralmente, e não percebia mais a mínima coisa que ele fazia a este corpo que eu já disse ter deixado de considerar meu. Pensamentos atravessavam minha cabeça como chamas breves de uma lâmpada alimentada por uma corrente intermitente e rara. A dureza de Luís, no momento em que me jogara fora (como um cão, uma serva), tomava forma concreta, que era a de pesados caixões pretos cuja proximidade me esmagava, e depois alijava-se daquele peso para uma imaginação oposta, e eu via o rosto de meu belo anjinho, Marianita, que me sorria em todas as janelinhas de todos os pequenos caixões brancos e rosas. A criança batia as mãos no vidro, estendia-me o braço, mas não podia fazer com que fosse destruída a separação transparente, e eu pensava, visto que ela se encontrava, felizmente, no reino dos vivos, que era eu que devia ter descido ao império dos mortos. A forma do caixão, tanto quanto ou mais que a do corpo humano (segundo os antigos livros dos hebreus), deve ter uma perfeição secreta, já que todos os meus pensamentos se dobravam a seu molde opressor, seguiam seu obsedante contorno. Em suma, insensível ao brutal que molestava minha carne, eu era atormentada por um contínuo assalto de féretros esfalfando minha alma. Mais tarde (depois de horas ou minutos de cuja soma não saberia dizer mais que o essencial), Pedro Vírgula descobriu provavelmente que era entediante divertir-se muito tempo com um corpo inanimado, ou talvez se tenha cansado. Levantou-se, me empurrou com o pé (o gesto, me tirando de minha inconsciência, foi-me duplamente cruel porque me recolocou repentinamente na memória o mau trato que eu sofrera por parte de Luís), e assim:

— E agora, minha filha, vai dar queixa se quiseres — disse-me ele. — Todo o mundo vai zombar de ti.

Sem mesmo ter pego meu *rebozo*, nua como eu me achava, corri para a porta de saída; mas eu não pude abri-la. Ele me trancara na loja de caixões, onde queimavam mais que três ampolas elétricas, que oscilavam fracamente (atrás da porta fechada) na ponta de fios de comprimento desigual.

Estou nua e suja, não tenho mais vontade de me lavar nem de me vestir. Aliás, não tenho água, minhas roupas foram jogadas no fundo de um caixão como no fogo ou no mar; não me parece que minhas mãos tenham permissão de retirá-las. Para me proteger do frio noturno, eu poderia, na melhor das hipóteses, enrolar-me no meu *rebozo* vermelho, pois esse xale simplesmente caiu no chão poeirento onde caí também eu. Mas não desejo me proteger do frio, que não sinto tanto, não obstante seja forte depois dessa chuva glacial que o temporal derramou na cidade. Se Pedro Vírgula quiser divertir-se comigo ainda amanhã, o que é provável, já que me trancou na sua loja como uma carne que se põe reservada num quarto refrigerado, ele me achará pronta e obediente. Eu me deitarei sobre a poeira a seu primeiro sinal. Mas ele não terá mais o espetáculo de ver-me tirar a roupa, a menos que me traga novas peças ou use sua navalha para me obrigar a pôr as velhas, o que, tanto num caso como no outro, é pouco provável, pois o homem que se satisfez em ver desnudar-se progressivamente uma moça achará fastidioso assistir à mesma moça vestindo-se para vê-la voltar a seu estado de nudez. Tal estado será o meu, estou quase certa, no tempo que ficar entre os caixões. Até meu fim, segundo as aparências. Faço a simples constatação, sem reclamar nem me contentar, e não estou, como se diz, "resignada", pois minha indiferença passa longe de toda resignação, e eu repito que, se pude ter piedade de meu corpo, foi pensando nele como em alguma coisa que não me pertencia absolutamente. Assim vou, venho, entre os grandes caixões pretos (os caixões machos), os caixões azuis, rosas e os belos caixões de crianças, onde eu poderia ter deitado minha pequena Marianita. Subo e salto sobre eles como em aparelhos de ginástica no clube feminino, e os monto como a cavalos de madeira, dou cambalhotas servindo-me de seu apoio como em barras paralelas. Às vezes fico de pé em cima do vidro destinado a mostrar o habitante da caixa, e esse espelho ruim me mostra uma espécie de flor cinzenta, que é a imagem turva da minha nudez vertical, perpendicular à futura horizontalidade do jacente. Sem nenhum liame nem comunicação com o povo dos homens e das mulheres, desligada de todos e desinteressada de tudo, afastada do amor para sempre, situada numa posição intermediária entre a vida e a morte, entre a carne e a poeira, entre o instante e o tempo eterno, eu não tenho (e, de modo verossímil, não terei) outro papel além de debruçar, sobre os estojos de cadáveres vindouros, um corpo que foi violentado. E tu, chafurdado nas almofadas, que me olhas e me ouves narrar minha aventura, tu que pensas que sou apenas o reflexo furtivamente surgido em teu devaneio durante o torpor que segue uma boa refeição, tens certeza que contigo há de ser diferente, e que cada uma de vossas aventuras ou de vossas vidas inteiras, sonhador, leitor, autor, é coisa diferente de um momento ínfimo no devaneio de um beberrão desmesurado afundado em suas nuvens, ou de uma crispação coceguenta no fundo da ínfima matriz de onde saiu, talvez, o universo? Fora da loja de caixões e fora do quarto onde repousas, é a grande noite. Ouves o urro das ambulâncias que passam e repassam buscando uma presa?

Daniel Point abriu os olhos e acreditou ver, como se houvesse sido puxada bruscamente para o interior, uma forma desaparecer no espelho pendurado acima dele. Simultaneamente, ele ouvia um horrível toque de sirene, lançado por uma ambulância, ou viatura policial, que percorria a avenida e atravessava um cruzamento vizinho com a marcha de trem rápido. Interrogou-se sobre seu devaneio; quando ficou certo de que ele não o retomaria, pensou que sua causa inicial poderia ser atribuída ao fato de que na Cidade do México os bairros onde ficam os vendedores de caixões são também aqueles onde as prostitutas recrutam e que, naquele em que fora passear na véspera, mais de uma moça jovem e lassa se apoiava na vitrine de uma empresa funerária. Muitas das palavras que ouvira, ou imaginara, não poderiam ter sido pronunciadas por uma pequena cidadã do México; traziam antes a marca da fantasia do sonhador. Nenhuma pessoa de seus devaneios, no entanto, tivera tão grande realidade quanto Mariana Guajaco... Como chegar a um julgamento exato? De espírito confuso como depois de uma embriaguez, ele se levantou, pegou um guarda-chuva e saiu, sabendo ao menos que retornava naquele bairro, temendo principalmente encontrar ali alguma coisa, homem, mulher, animal, objeto ou drama da rua, que tivesse sobre sua vida as mais graves conseqüências, e fosse a seqüência de uma visão que ele recusava crer como apenas mentira ou vã fantasmagoria.

O DIAMANTE

Para Julian Gracq

... Como uma geleira viva onde a luz se fez carne por obra de um sortilégio inconcebível.

Julien Gracq

— Os novos diamantes chegaram — disse a Sarah seu pai.
— Pega a chave do cofre. Irás examiná-los amanhã de manhã.

Ele falara sem levantar os olhos do tapete, que formava um sedoso fundo vermelho e marrom em torno de seus pés miúdos, calçados de um couro tão flexível que mais parecia trabalho de luveiro que de sapateiro. Pousadas sobre braçadeiras de veludo, suas mãos eram pequenas também, com unhas pontudas. A cabeça, ao contrário, era grande exageradamente, e achava-se aumentada pelo efeito de uma barba ruiva em colar que se juntava a uma cabeleira abundantemente encaracolada, aberta como um leque no encosto da poltrona. O senhor Mose (Césarion-David) era lapidário, assim como o haviam sido seus pais e ancestrais por muitos séculos. Além do comércio e da clientela, tinha deles uma casa antiga cujas belas ferragens douradas se admiravam, no alto da rua de Lions. Era ali que ele possuía sua loja, no térreo, e morava no primeiro andar com sua filha, que um dia o sucederia, sem dúvida, visto que não tinha outro herdeiro.

— Nós os esperávamos havia muito tempo — disse a moça.

— Eu estou curiosa para ver essa grande pedra azulada pela qual vais pagar muito caro, e que deve ter o brilho do planeta Vênus, se o velho Benaim não nos enganou em sua descrição.

— O velho Benaïm nunca me enganou — disse o lapidário. — Tenho certeza de que a pedra é admirável, mas só quero vê-la depois de ti. Cabe primeiro a uma virgem julgar da frieza e do fogo de um diamante.

A moça levantou a cabeça num movimento de orgulho. Ela tinha grandes olhos escuros, estriados de cinza e verde, num rosto oval, um pouco moreno e muito liso; tinha cabelos pretos, presos em duas tranças que caíam no lugar dos pequenos seios, sobre o vestido de um tecido absurdo em que peixes invertidos brincavam entre flores da água; o pescoço e as mãos eram compridos (mais compridos ainda por não trazerem nenhuma jóia), as pernas eram muito longas.

— Tens o ar de uma cobra ao sol — disse ele. — A maioria das mulheres fica fascinada pelas pedras brilhantes como os camundongos pelos olhos das serpentes. Outras ficam indenes, mas têm somente indiferença. Ao passo que tu, talvez por causa dessa natureza estranhamente serpentina, estás em acordo espontâneo com as pedras. Tu sabes vê-las e pesá-las, tu lhes falas, as acaricias; dir-se-ia que vais fundo, pois me assinalaste defeitos que haviam escapado aos traficantes mais tarimbados de Anvers. Farás bem em não te casares, se quiseres manter a amizade das pedras realmente nobres, o diamante e a esmeralda. Em todo caso, não te pareces com tua mãe.

— Não penso em me casar, e fico contente em não me parecer com minha mãe — disse Sarah.

Para dizer a verdade, ser-lhe-ia necessário muito esforço para encontrar a lembrança dela, que morrera poucos anos depois de seu nascimento, mas fotografias tiradas de álbuns, cartonagens, haviam-lhe mostrado uma mulher bonita segundo o gosto dos homens vulgares (pensava ela), encaracolada sem discrição, oleosa e ressumando oleosidade (parecia) por todos os poros, desnudada bem imoderadamente pelo maiô de banho ou pelos mais extravagantes vestidos de baile. Ela rasgara, depois queimara, aquelas fotografias, e a única coisa no mundo que não perdoaria a seu pai era ter-se deixado seduzir por uma criatura tão gorda, que lhe dera à luz, não obstante. Este último ponto praticamente esquecera; gostaria de ter sido feita por seu pai unicamente. Contra o senso comum, pois é o raciocínio oposto que é freqüente nas pessoas jovens; o desgosto que experimentava pelo mecanismo do nascimento vinha da forte e profunda inimizade que ressentira diante das imagens de sua mãe.

O senhor Mose, que era taciturno em seu íntimo, não respondeu, e seus olhos retornaram aos desenhos do tapete. A moça também não disse mais nada. Quanto à personagem indesejável, esposa de um, mãe da outra, que haviam evocado, seu fantasma era sem consistência, e desaparecera já de suas memórias na hora que a empregada veio anunciar o jantar.

Ao meio-dia, o senhor Mose e sua filha comiam levemente. À noite, ao contrário, gostavam de refeições pesadas, ácidas, temperadas com profusão, carnes defumadas ou salmouras, patês e marinados, iguarias servidas frias como para serem mais indigestas. Com o estômago abarrotado, eles se deitavam sem demora, e o sono lhes dispensava sonhos na medida daquilo que tinham engolido. "A hora do teatro", assim denominavam, rindo, aquela hora de ir para a cama, e desejavam-se um bom espetáculo, embaixo da escada, antes de subir a seus quartos. Um pudor pouco compreensível entretanto os impedia de confiarem-se o que haviam visto, sentido, ou o que haviam acreditado estar-lhes acontecendo, durante as representações noturnas provocadas pelos excessos da mesa. Eles não se diziam palavra, no dia seguinte, quando se reencontravam depois do chá (que tomavam na sala de jantar, mas separadamente, a moça primeiro, o pai depois de uma hora ou mais).

O menu sendo o habitual, o senhor Mose sentou-se diante de um prato de enguias com verdura (belas de se ver, em seu contorno de faiança azul) e, sem dar-se ao trabalho de guarnecer seu prato, começou a comer, discreta, brutal, gulosamente, ainda mais que Sarah não o acompanhara à mesa, onde ela lhe lançava olhares severos, às vezes, quando ele se deixava levar com muito ardor ou barulho pelos prazeres da boca. Devorando, bebendo cerveja escura e forte, ele se perguntava se ela ia juntar-se a ele. Não, ela não veio. Quando terminou e ficou saciado ainda mais pesadamente do que de costume, retornou à sala e ela já não estava mais ali. Não se preocupou nem um pouco, conhecendo os caprichos da jovem, que certas noites não queria "teatro". E subiu de novo para se deitar antes que fosse consumido inteiramente o charuto que acendera, pois correria o risco de dormir em sua poltrona, se houvesse esperado mais tempo.

Ela o precedera, ganhando o primeiro andar assim que ele havia entrado na sala de jantar, e se trancara em seu quarto. Não era um mistério, e seu pai deveria, não tivessem a comida e a bebida o aturdido tanto, ter lembrado que ela jejuava todas as noites em que lhe haviam confiado a tarefa de examinar pedras preciosas no dia seguinte, e que se recolhia solitariamente, antes de dormir. Assim, despida, depois vestida com sua camisola, após ter desfeito as tranças e penteado os cabelos, ela ficou durante minutos ou horas imóvel num pequeno sofá de couro encerado. Teve primeiro uma impressão de frio, pois a camisola não era grossa, depois não sentiu mais nada, e chegou a reduzir e até mesmo a suprimir totalmente o movimento de seu pensamento. Perdeu a noção do tempo, esqueceu de escutar seu coração. De olhos abertos, no escuro, via fluir vagamente coisas cinzentas, que não tinham nenhuma existência.

Ela conhecia muito bem a curva (se é que se pode dizer) desses estados de torpor mental. Aproveitando um momento em que lhe pareceu que saísse de um buraco profundo, tentou se mexer, e se mexeu. O simples gesto de acender um abajur perto do divã custou-lhe um esforço da vontade tão enorme quanto os de um homem que se afoga para sair das águas devoradoras e doces. Depois disso, foi muito simples: teve frio de novo, sentiu uma grande fadiga, desejou o repouso de seus membros e o calor da cama. De um tubo de vidro, ela fez escorregarem em sua mão três grânulos que davam um sono puro e apagavam até a mínima lembrança dos sonhos; colocou-as sob a língua para deixar que fundissem lentamente, apagou a luz e se deitou. Logo em seguida, adormeceu.

Foi na aurora, ou quase, que despertou. Para não arriscar chegar atrasada ao que, melhor do que um encontro, era para ela um compromisso de honra (pois tratava as pedras preciosas com uma consideração que não concedia à pessoa humana), deixara as persianas e as cortinas escancaradas, de maneira a ser tirada do sono com a primeira luz. O espírito disposto, as idéias claras como toda vez que à noite usava os grânulos, não teve preguiça e saltou da cama. Na casa, certamente, seu pai e as empregadas ainda estavam dormindo. Sem se preocupar com o sono deles que o barulho ia talvez interromper, ela passou ao banheiro, abriu as torneiras da banheira. Tomou um banho muito quente (tanto que na água fervente teve de entrar aos pouquinhos, habituando-se, um pé primeiro, depois uma perna, a outra e o resto, enfim), e lavou cuidadosamente o corpo, voltando várias vezes às partes do sexo e das ancas, que lhe pareciam ter necessidade do mais escrupuloso e rigoroso asseio. Evitou esfregar-se, querendo conservar aquela leveza admirável que descera nela como um estado de beatitude, e um perfume, por fraco que fosse, poderia destruir. Depois calçou chinelas e vestiu-se com um roupão que era de um tecido de lã branca extremamente macio e fino, natural, roupa que provinha da Arábia e seu pai recebera como presente, um dia que comprara um lote de turquesas nos comerciantes de lá. Ele fora roubado quanto às turquesas, as quais, perdendo a bela cor, morreram depois de alguns meses, mas Sarah, por sua vez, ganhara o roupão. Este era aberto na frente, não tinha abotoaduras; fechava delicadamente por meio de um colchete no colo e de um outro na cintura. Os cabelos da moça, que ela penteara e escovara longamente, mas que não prendera, aqueciam-se no contato com a lã. Ela pensou que por intermédio deles estaria se carregando de eletricidade. "Como uma grande garrafa de Leyde!" — pensou — feliz com esse pensamento que em seu desenrolar trazia o novo, pois para a toalete e para o traje ela apenas seguira exatamente a regra que adotara, de uma vez por todas, nas suas relações com as pedras.

— Será que poderia dar um choque, se alguém me tocasse com o dedo? — perguntava-se ainda. — Será que eu poderia derrubar aquele que me tocasse? — Não a teria desagradado, na verdade, ver alguém entrar em seu quarto, tentar a experiência audaciosa. Ela o teria aniquilado sob uma chuva de faíscas digna de um esmeril, mas em seu devaneio, o insolente, que ela imaginava fulminado, abatido e queixoso, permanecia completamente anônimo. Menos que uma máscara, era como um manequim. Como todos os homens que haviam desfilado diante de seus olhos sem que ela houvesse jamais pensado em olhar para um mais do que para outros, ou lembrar-se, na seqüência, de um rosto em particular, impressionante o bastante para não ser confundido com a massa de rostos masculinos. O homem era um objeto considerado nulo no mundo de Sarah Mose. Ela nada ignorava sobre seu funcionamento, mas julgava-se fria, vangloriava-se de tal frieza;

e prometera a si mesma viver entre as pedras somente, desde então e quando seu pai morresse.

No corredor, quando saiu, a luz que vinha de uma lucarna cinzenta mal bastava para que não tateasse. Ela parou um momento, escutou, quando passou em frente ao quarto de seu pai, do das empregadas, mas as portas espessas abafavam o barulho das respirações, não se ouvia nada, e parecia que a casa estava completamente vazia. A grande escadaria não ia além do primeiro andar. Uma outra a sucedia, estreita e curva, cujo ponto de partida ficava atrás de uma porta no fim do corredor. Sarah se engajou ali, e subiu para o quarto do cofre que se encontrava acima do sótão, isolado como um pequeno pavilhão no teto da velha residência.

Lá em cima havia um patamar circular, mal iluminado. Sarah ficou primeiro imóvel para retomar fôlego; depois da rápida ascensão, desabotoou os colchetes de seu roupão, jogou os braços para trás e o deixou cair no chão. Tirou igualmente as chinelas, pois era nua, com os pés descalços, que tinha o costume de chegar às pedras preciosas. Como se, para ter o direito de examiná-las, ela fosse obrigada a pôr-se também no estado de um objeto de exame, despojada da mínima coisa que pudesse fazer obstáculo às pesquisas.

Um molho de chaves, em seu punho fechado, o dobro exatamente daquele do lapidário, forneceu-lhe a que era necessária. A fechadura, trancada com volta tripla, era macia para a mão; a porta se moveu sem barulho nas dobradiças bem untadas. Dentro estava escuro ainda, mas manivelas, perto do hall, comandavam o movimento de quatro grandes persianas, puxadas por cordas, sustentadas em contrapeso para tornar a manobra mais fácil. Sendo seu eixo horizontal, colocado no alto do assoalho, ao virarem-se as manivelas, elas se abaixavam assim como as pétalas de uma flor acariciada pelo sol e deixavam entrar a luz, em ondas mais ou menos fortes, segundo a inclinação, pelos quatro vãos que ocupavam quase inteiramente a superfície das paredes. A vantagem dessas persianas era que por sua disposição impediam totalmente curiosos eventuais, trepados em caso de necessidade, nos tetos das casas vizinhas, nas próprias chaminés ou em cataventos, de ver o que quer que fosse no interior do quarto envidraçado.

Então a moça regulou a abertura das persianas para que o cômodo ficasse o mais bem iluminado possível, e arrepiou-se um pouco quando os raios do sol caíram no seu corpo nu. Ela foi em direção ao cofre, um prisma triangular de aço preto, que ficava no canto à direita da porta. A palavra, ela se lembrava bem (e se lembrava de sua alegria, quando o pai lha dissera), era *haras*, seu próprio nome invertido "como uma luva — pensava ela — como um saco, como um polvo pego e supliciado, de tripas para fora", seu nome refletido num espelho.

Para compor essa palavra, ela se ajoelhou (pois o segredo era baixo) no chão, à frente do móvel de ferro. Os discos giravam entre seus dedos, ao passo que seus pensamentos, apesar da atenção indispensável, divagavam, iam a quadros pintados em diversas épocas, e que, sob pretexto de representar fatos de história ou de mitologia, lhe haviam mostrado a estranha junção de uma moça nua e um homem de armadura. Freqüentemente a moça estava de joelhos diante do homem couraçado; às vezes ela era cativa, acorrentada numa rocha, numa parede, vigiada por um dragão, e assim o outro fazia figura de libertador. "Mas aqui — pensava Sarah — sou eu que tenho o poder do cavaleiro, já que possuo a palavra que o faz agir, que é meu nome escrito ao contrário. Por essa palavra mágica, eu o obrigo a abrir sua armadura e a me deixar pegar seu tesouro."

Colocada a última letra, Sarah introduziu a chave na fechadura do cofre e enfiou a lingüeta; tirou o pesado batente, que rodou, veio aplicar-se contra a parede à altura exata da vidraça. No interior, sob o metal escuro, havia um outro cofre com a mesma forma do grande, mas que era só de couro flexível.

Três gavetas se encontravam na frente; não tinham fechaduras porque se manejavam por puxadores de couro, e vinha dali um cheiro bom de mala nova. Um cheiro de pele, dir-se-ia, justamente, levando um pouco mais longe a comparação do móvel defensivo com um cavaleiro rendido, ao qual o vencedor (a moça nua representada pelos pintores) teria retirado o plastrão da couraça.

Sabendo que as duas primeiras gavetas encerravam jóias já catalogadas, foi na terceira, a de baixo, entre as pedras não mexidas, que Sarah Mose procurou os diamantes. As pedras, talhadas ou brutas, estavam em envelopes, dentro de caixas que portavam a menção do conteúdo; havia também um saquinho de couro, amarrado com barbante, selado por um lacre intacto, que só poderia ser o envio de Benaïm. Sarah pegou aquele saco com respeito, como se o recebesse das mãos de seu pai, que o colocara em sua intenção, na véspera, no cofre, depois de ter apenas desfeito a embalagem externa e verificado a integridade dos selos. Atenta em mantê-lo um pouco longe de seu corpo, como se o mínimo contato além dos dedos pudesse ser prejudicial às pedras (ou perigoso para sua pessoa), ela o colocou numa grande mesa de ébano, que ocupava o meio do cômodo. O sol fazia refletir um canto dessa mesa, mas todo o resto da superfície — mais de três quartos — estava na sombra. Sarah pousou o saco na pequena parte ensombrada, ao lado de instrumentos diversos que serviam principalmente para inspecionar.

Quando ela cortou o lacre de cera amarela, teve ainda uma tarefa, pois o nó que estrangulava o saco era múltiplo; a cera, tendo secado por cima, tornara-o muito duro, e a amarra empregada pelo remetente era um lacinho de couro em torno do qual se enrolava um fio de metal. Teria sido mais simples tê-lo cortado com a pinça, sem dúvida. No entanto Sarah desprezou a ferramenta, da qual encontravam-se dois exemplares à mão, entre o aparato do quarto. Ela sabia que suas unhas pontudas eram duras o suficiente para dar fim a qualquer ligadura, por mais coriácea e complicada que fosse, e, longe de recear o sacrifício, ela tinha tendência em buscá-lo; aliás, não tinha muita vontade de chegar imediatamente ao objetivo, preferindo demorar um pouco em sua curiosidade. O trabalho durou bastante tempo, porém menos do que acreditara. Então ela descerrou o laço e abriu o saco.

Dele saíram pequenos objetos embrulhados em papel de seda, uns vinte, pouco mais, que se dispersaram sobre a mesa, tão lisa e tão bem ajustada que não se via o menor traço de tábua, como se tivesse sido cortada numa peça única no coração de um ébano gigante. Sarah toda nua se debruçou sobre aquela superfície polida, que lhe mostrou seu reflexo vago, à maneira de uma água noturna; apoiou-se na borda do móvel, e seu braço comprido não precisou de grande esforço para pegar os diamantes que haviam rolado mais longe. Nenhum deles caíra no chão. Deixando de lado, no momento, os que tinham um envelope branco, a moça pegou o que estava contido num papelote azulado, o mais volumoso e mais pesado do lote. Tirado desse estojo (dobrado seis vezes, meticulosamente, e que tinha a missão de impedir a pedra de riscar atritando-se nas outras), ficou entre o polegar e o indicador afilados de sua mão, sob seu olhar. Um brilho magnífico, na verdade, não apenas pela espessura; e Sarah, apesar de seu caráter desconfiado, foi obrigada a reconhecer que era ainda muito melhor que tudo por que poderia esperar, e que nunca — havia vários anos passavam diante dela em primeiro exame as pedras compradas pelo senhor

Mose — ela contemplara brilho parecido, valorizado pelo tamanho tão magistral, nem tão esplêndida pureza. Tal pureza, certas pessoas achariam incômoda, ou mesmo assustadora, por causa de seu fogo desprovido do mínimo traço, por menor que fosse, de calor, por causa de sua luz de uma brancura um pouco safirina e seu espírito rigorosamente glacial. Há um grau, no virgem e no puro, que, pelo excesso, pode dar medo. E assim fazer mal (dos mais belos diamantes pôde-se dizer que traziam infortúnio), quando seres frívolos têm a imprudência de expor-lhes seus corpos amolecidos, suas almas fragilmente temperadas. Mas a filha do lapidário se acomodava perfeitamente a esse grau excessivo, ao qual estava tão naturalmente adaptada quanto o lagarto ao sol e à rocha árida.

Ela pousou no pequeno cubo feltrado o grande diamante; pegou uma lupa tripla, montada em chifre e que provinha da mais célebre fábrica de Jena, pois era o instrumento de que se servia sempre para escrutar uma pedra e bem aprofundá-la. Como possuísse três lentes, e o poder de aumento não diferisse muito do de um microscópio (brinquedo), o mínimo movimento embaralhava a imagem, e Sarah devia com uma mão bem firme segurar a lupa, que quase tocava o objeto do lado inferior, e do outro roçava seus cílios. Para assim fazer, ela estava meio deitada na mesa, numa postura bem pouco estável. Suas pernas tomando apoio no piso seguindo um ângulo muito agudo, a barriga amassando-se no móvel, ela levantou um pouco o busto de modo a colocar ligeiramente os seios na madeira e respirar sem incômodo. Debruçada, com a mão livre ela segurava a testa. O frio do ébano maciço, após ter atingido sua barriga, subia-lhe ao coração, como se ela se houvesse jogado numa terra preta entre montes de neve e sarças carregadas de geada; tinha consciência de estar nua na manhã e na solidão, diante da pedra que, magnificada pela lupa, tornava-se como que um enorme pedaço de gelo palidamente pintado de azul. "Um castelo de gelo" — pensou, observando a regularidade do contorno e os ângulos como saliências de fortaleza. Ela pensou ainda que era "a própria perfeição", uma coisa não morta, mas viva, ou ao menos animada (dada tal perfeição), e acabou por se perguntar onde estava realmente o objeto e onde estava o juiz ou a testemunha, naquela confrontação matinal entre uma moça nua e uma pedra tão rara. Depois, o que aconteceu, talvez ela tenha feito um movimento em falso, seus pés escorregaram no assoalho, e a cabeça caiu sobre a mesa; então teve a impressão de que a lupa lhe entrava no olho, e perdeu (provavelmente) os sentidos.

Em seguida, recobrou-os. Viu-se fechada numa espécie de célula de paredes transparentes, construída em forma de poliedro regular. Levantou-se (pois estava largada como um saco). Foi-lhe necessário algum tempo, alguma experiência do lugar e algum esforço de reflexão, para perceber e depois para admitir o fato singularmente inacreditável, que era o de encontrar-se cativa no interior do diamante, no qual sua queda a precipitara.

Fazia frio na prisão diáfana, e o que não daria ela (à condição que dispusesse de alguma coisa que pudesse servir de moeda para trocar) para ter um pouco de lã ou de algodão e para cobrir pelo menos as costas e o peito? O ar que seus pulmões aspiravam, com toda a lentidão e todas as precauções possíveis, era quase irrespirável à força de ser puro. Tinha a violência dos cumes, aquele que toma o passeante da montanha a mais de três mil metros de altitude e o tonteia. Havia aqueles reflexos, de um azul leve e muito precisamente "celeste", que ela se lembrava ter visto brincando na pedra, quando procedera ao primeiro exame. De olhos arregalados, procurava distinguir os traços de cor, mas nada via além de absoluta transparência. No entanto, não podia duvidar que fora mergulhada sem remissão no que contemplara de fora com toda a tranqüilidade de espírito, um minuto antes, e se desesperava, sabendo que não resistiria muito tempo àquele frio nem àquele ar vivo demais. Seus dedos, que procuravam uma saída, só encontravam em toda parte superfícies polidas, frias igualmente e desprovidas da mínima solução de continuidade. Para tentar aquecer-se, ela fez alguns movimentos de ginástica, que só acabaram por tornar-lhe a respiração mais apressada e dolorosa. Um observador, com o olho na lupa como estivera o dela muito pouco antes, ter-se-ia bastante divertido ao ver no centro da gema aquela esportista minúscula executando flexões de pernas dobradas e braços estendidos. A idéia de um tal observador veio a Sarah, e ela pensou em morrer por causa do ridículo de sua situação; depois se confortou pensando que do exterior não se via nada no diamante além de uma ágil luz azul. Era preciso estar no interior, como era infelizmente o seu caso, para que o olhar atravessasse a parede.

Pois ela via perfeitamente através dele. Sim. E, quando se virava, de uma lado via o soclo revestido de feltro de onde caíra o diamante na hora de sua própria queda. Ele se erguia ali bem perto, como um monumento cúbico e privado de aberturas, talvez um túmulo muçulmano, forrado de uma espécie de vegetação silvada e ruça. Atrás dele jazia a lupa com suas lentes disjuntas, como um aparelho de mós de cristal em uso numa fábrica ou num laboratório mais do que num moinho comum. Do outro lado nenhum objeto fazia acidente na superfície da mesa; estendia-se um vasto plano uniforme e preto que só era variado pelo contraste da luz e da sombra. Era para ali que com mais insistência, senão esperança, olhava Sarah; para uma zona luminosa que era a projeção de um raio de sol e que se aproximava lentamente da pedra à medida que subia o astro no céu. De sua vinda, razoavelmente, a moça podia esperar que trouxesse um pouco de calor e o fim de seus sofrimentos físicos. Quanto à liberdade, já que evidentemente não havia nem haveria jamais nada de que pudesse ser o efeito razoável, isso não entrava em suas preocupações, e ela se fiava, para obtê-la, à potência do absurdo, que é ao menos do tamanho do raio e poderia muito bem tirá-la de uma prisão onde a havia tão facilmente trancado.

Impaciente, a moça quisera calcular a aproximação do raio luminoso e quente, mas faltava-lhe um meio de medir o tempo, pois ela deixara em seu quarto, em cima do criado mudo, o relógio de pulso, por causa dessa preocupação (já notada) de não entrar em contato com as pedras preciosas senão no estado de completa nudez, sem a mínima jóia, fita, fivela até ou o menor grampo de cabelo. E se ela houvesse menos fielmente observado a regra, o dito contato, que não fora benigno, não correria o risco de ser ainda bem mais cruel? As grandes pedras são perigosas. Nunca se tomam precauções suficientes antes de abordá-las. Sarah pensou que seu pai sabia disso mais do que dizia, seguramente, e que era em conhecimento de causa que havia anos ele lhe delegara o cuidado de ir examinar em primeiro lugar as encomendas dos lapidários. Porque ela o amava, entretanto, e gostava de seu trabalho, ela não o amaldiçoou, não ficou com raiva dele. Voltando ao raio de sol, cuja marcha não era tão lenta, a bem refletir, como parecia, ela tentava contar num ritmo igual ao dos segundos, para avaliar a velocidade de sua progressão. Sem outro resultado, aliás, além de "passar o tempo" (coisa que ela desejava); nada avaliara ainda além da zona de luz, que crescera no intervalo e ia chegando à vizinhança imediata do diamante.

Então, o frio parecia ter diminuído. Depois o sol tocou a pedra. Foi no topo de um bisel, primeiro, e a linha do ângulo começou a faiscar como uma peça de ferro tratada por maçarico oxídrico; o foco alargou-se; uma faceta inteira, obliquamente limada, tornou-se como que incandescente, jogando chamas onde o azul lutava com o vermelho antes de com ele se unir em longos raios purpúreos e violeta. Sarah, que temia ser queimada agora, depois de ter acreditado congelar, pusera-se o mais longe que podia (não muito longe) do quadrado flamejante, do qual não tirava os olhos. Assim nada lhe escapou do que se produziu quando o fogo solar entrou no espaço interior. Ela viu penetrar uma espécie de crista fervente, uma espécie de tição dirigido contra ela e cujo brilho cruzava com o volume; depois, de uma só vez (por causa da refração, pensou) houve um chamusco de luz que era mais difusão do que explosão (pois ela não sentiu nem choque nem deslocamento de ar), e todo o diamante ficou abrasado. O antagonismo do vermelho e do azul subsistia naquele estranho incêndio, mas a primeira cor triunfava agressivamente sobre a segunda, que só surgia em reflexos fugidios. O calor (que devia estar em parte ligado ao vermelho) vencera o frio e de maneira mais decisiva ainda.

Sarah tinha conhecimento daquele calor; ela sabia também que era uma temperatura muito elevada para que o corpo humano pudesse suportá-la impunemente em circunstâncias comuns, e se o seu não padecia de nenhum ferimento, nem mesmo um transtorno, a razão sem dúvida era sua união com a substância mineral, a qual acolhera o raio ígneo. Noutras palavras, era como parcela diamantina que ela estava habitada pelo fogo do sol e ilesa. Ela mal teve tempo de maravilhar-se (nem de pensar o que lera sobre a existência dos vulcões, salamandras e fagulhas, que ficam tão naturalmente no fogo quanto os peixes na água), pois acabava de perceber que cessara de estar a sós no interior da pedra. Um homem se encontrava ali com ela, cujo corpo, totalmente nu como o seu, tinha uma beleza suprema, mas cuja cabeça assemelhava-se à de um leão. Sua pele, muito lisa, era de um vermelho ardente; sua grande crina reluzia com um brilho dourado que o olhar mal tolerava; o pêlo era brilhoso também, mas raro. Ele estava diante da moça, no meio da pedra, de braços e pernas afastados de sorte que as extremidades de suas mãos e de seus pés faziam os quatro pontos de um quadrado inscrito no poliedro como um plano ideal que o tivesse cortado em dois, e seu umbigo, no ponto de interseção das diagonais que se poderiam traçar, coincidia exatamente com o centro desse quadrado imaginário. Seu sexo estava ereto, vertical. Chegava mais ou menos aos dois terços da altura do umbigo. Sarah, que via tal coisa pela primeira vez em sua vida, olhou curiosamente aquela espécie de homem pequeno parafusado no grande (invertido, no entanto, como se a bolsa dos testículos correspondesse à cabeça sob a enorme crina), e ela pensou que devia haver entre o grande e o pequeno uma relação de proporções tão perfeita quanto incalculável, governada provavelmente pelo número *pi*. Pensou que o homenzinho continha o irracional, e que aquele corpo cilíndrico era o invólucro de *pi*. Aí, seus pensamentos se desencaminharam, e ela desviou os olhos para não ter motivo de enrubescer, pois a idéia lhe viera de que se sua castidade reagisse ao espetáculo impudico pelo enrubescimento de conveniência, ela não se distinguiria mais tão nitidamente do homem de fácies leoninas, da qual a aproximaria semelhante cor, e receou padecer mil males naquela proximidade ou naquela promiscuidade. Tentando, para defender-se, recolocar na cabeça a lembrança do frio que a fizera gemer, sentiu todavia um fluido ardente subir a suas veias e ganhar-lhe pouco a pouco o rosto. Sua palidez diminuía, ia cedendo lugar à vaga.

Um movimento, tão próximo que forçava a atenção, fê-la olhar novamente diante de si, já que teria sido vão fingir indiferença, e ela viu que o homem vermelho estava deixando a pose em cruz de Santo André em que aparecera. Seus braços haviam caído ao longo do corpo; a boca e os olhos, sem expressão antes, haviam tomado um ar de violência e de alegria

incríveis (meridional, mediterrâneo, grego, ou antes etrusco —
pensou a moça — receando que todo aquele *Merídio* não
significasse nada de bom). De um pequeno salto, que achatou
sua crina contra o que se poderia chamar de teto do quarto
cristalino, ele ajuntou os pés, elasticamente. Os calcanhares
descalços bateram e, de um pulo, ele se pôs sobre Sarah Mose.
Ela, que guardara desconfiança, jogara-se de lado durante o salto,
deslizando em seguida, sob seu braço, para o ângulo oposto,
tentando buscar refúgio. Ele se voltou. O espaço de que
dispunham ambos era muito restrito realmente para que ele
precisasse de longos esforços até pegá-la.

Ela se debateu bem furiosamente, mas não parecia que o
homem vermelho se aborrecesse em seu jogo. Ele sorria, e o
arco de sua boca ficava sempre maior e mais estendido, os olhos
brilhavam mais, sua crina flamejava mais intensamente. "Um
dançarino!" — pensou ela — tentando fugir de seu abraço. Ele
a pousou numa parede oblíqua, um plano inclinado a quarenta e
cinco graus, quando se tornou senhor de sua pessoa, e apoiou-se
na força dos braços sobre ela, sem tocá-la com o corpo, mas
apertando-lhe estreitamente os punhos para obrigá-la a ficar
imóvel. Então, ele lhe falou. Foi com uma voz curiosamente
profunda, uma espécie de cochicho, que parecia vir de muito
longe e principalmente de muito baixo, como se houvesse sentido
medo, ao elevar o tom, de despertar ecos sem fim que
reverberassem nas faces múltiplas do poliedro. Ele lhe disse que
ela só entrara na pedra para unir-se a ele, pois de uma virgem da
raça dos profetas e de um homem de crina de leão, provindo de
um raio de sol e vermelho como o fogo devido a sua origem,
nasceria, no futuro próximo, um rebento de espírito soberano,
por quem a raça perseguida iluminaria e dominaria todo o mundo.
Quando ela ouviu tais palavras, cessou de lutar, pois tinha orgulho
de ser judia. A anunciação de seu papel glorioso a enchia de uma

alegria tranqüila. Ela se lembrou que no segredo de seu coração tivera sempre a certeza de ter nascido para um destino desmesurado. Então era aquele. Estava fora de questão que recusasse (suposto que estivesse em seu poder aceitar ou recusar a proposição, o que não era o caso, nua como se encontrava e tomada por mãos tão potentes); ela fechou os olhos, para dar a entender melhor do que com palavras o seu consentimento. O homem vermelho, sem relaxar a presa pelos punhos, desceu sobre ela dobrando os braços; deitou-se sobre seu corpo, afastou-lhe devagar as coxas e a penetrou. "O número *pi* é dilacerante" — pensou ela, e também pensou que estava posta em cruz, por sua vez, numa pose idêntica ou ao menos semelhante à do homem quando ele ficara cara a cara com ela pela primeira vez. Mas resistiu à dor e, sem se queixar, respondeu ao impulso com que ele a apertava um pouco brutalmente.

Um barulho, fora da pedra, fê-la reabrir os olhos. Esquecera tão complemente o mundo exterior que teve dificuldade em rememorar-se que existia um outro espaço que não o da cela transparente, geométrica e minúscula onde ela se achava trancada com um pequeno ser de fogo, o qual lhe estava infligindo um suplício que ela não sabia muito bem, apesar da dor e da dilaceração, se era coisa concreta ou pesadelo privado de realidade. Persistindo o barulho, ela compreendeu que batiam à porta; lamentou não ter passado o ferrolho. Esta abriu em suas dobradiças, e Sarah viu uma forma gigantesca passar, na sombra no entanto e sem nenhuma interferência com o raio de sol. O senhor Mose, que acabara de entrar no quarto do cofre, aproximara-se da mesa; ele se debruçou sobre o diamante todo banhado de luz, e sua surpresa transformou-se em estupor quando observou o brilho rutilante projetado pela gema, aquela cintilação incomparável e púrpura que somente podia vir, o papelzinho dando fé, da pedra muito preciosa onde, segundo o velho Benaïm, deveria luzir o mais virgem e mais glacial azul jamais lisonjeado pelo olhar do mais exigente dos lapidários. Para certificar-se de que não se tratava de uma ilusão (ele desejaria que fosse uma), o senhor Mose pegou a lupa e abaixou-se mais, sem ousar tocar no diamante de que tinha um pouco de medo, supersticioso como sempre.

— Pedra estranha — pronunciou. — Benaïm me dizia que sob a lâmpada ele nunca vira nada tão azul, e certamente ele não estava mentindo. Como pode dar-se que fique vermelha ao sol? E onde é que está minha filha? Gostaria muito de saber sua opinião.

Tê-lo-ia fortemente surpreendido, por certo, assustado mesmo, se lhe dissessem que sua filha, a qual não podia ver, mas que o via, não se encontrava noutro lugar senão sob seus olhos, no interior do diamante e que era ali a presa daquele brutal que se obstinava sobre ela sacudindo um pêlo de animal selvagem. Em cima da crina do macho, ela via o rosto paterno como uma montanha enorme, via seus grandes cabelos lanosos e sua barba flutuando como nuvens em torno da montanha, via seu grande olho globuloso, atracado à lupa, que interrogava ansiosamente o cristal no qual ela estava sendo burilada sem dó nem piedade. Depois a visão se desfez, porque o senhor Mose depusera a lupa e estava se afastando da mesa. Por acaso (talvez), ele se lembrara do roupão e das chinelas de Sarah, que vira, jogados no chão, antes de entrar no cômodo. Lembrança que lhe dava escrúpulo de não ficar muito tempo, por causa da nudez sugerida. Ele saiu.

Sarah sentiu o macho expandir-se nela pela segunda vez, enquanto ele lhe mordiscava o pescoço, sem arranhar a pele, a exemplo dos leões que cativam assim suas fêmeas durante o coito. Ela queria recriminá-lo por tê-la forçado até mesmo sob os olhos de seu pai, ainda que invisivelmente. E, depois, estava com dor. Já não eram sofrimento e humilhação o bastante, e não se prestara ela suficientemente a tudo o que era necessário para que pudesse cumprir sua tarefa? Olhou aquele que devia torná-la fecunda (a palavra amante não podia se apresentar a sua mente), e teve a impressão de que ele empalidecera desde o início de sua agressão, como se os tormentos que ele lhe infligia não houvessem sido menos ferinos para o carrasco do que para a vítima. Seguramente ele perdia cor, e a coisa até ia rápido, de maneira semelhante a uma garrafa de vinho que se segura de ponta cabeça numa pia, esvaziando-a. Ele saiu dela (foi seu último movimento perceptível); desapareceu, pois o raio, que se deslocava acompanhando a subida do sol, acabava de deixar a pedra. Da cor vermelha, não restou o mínimo traço no interior do poliedro. O frio voltou subitamente, com uma violência insuportável, e Sarah desfaleceu imaginando que águas de neves se abatiam sobre ela, ou que fora precipitada no fundo de um lago cuja superfície congelada houvesse cedido sob seus passos.

Quando a consciência lhe retornou, ela saíra do diamante, não menos misteriosamente, não menos naturalmente, do que entrara. Era no chão que se achava, ou melhor, sobre o assoalho, entre a mesa e a caixa-forte. Suas pernas estavam afastadas, e uma dor bem viva, concentrando-se no sexo, confirmava lembranças ainda indecisas, mostrava que a moça não fora abusada por um sonho. Uma outra prova era o sangue, que manchara um pouco o baixo ventre e uma de suas coxas. A memória pôs-se-lhe de novo a funcionar mais ativamente. Não, ela não sonhara; podia estar certa.

Depois de ter esperado um pouquinho para remediar sua fraqueza e descansar de suas fadigas, Sarah se levantou, foi pegar o diamante dentro do qual sofrera, e, sem mais examiná-lo (pois tudo poderia recomeçar...), envolveu-o no envelope que o contivera. Com as outras pedras ajuntadas sobre a mesa, ele entrou de novo no saco; este voltou ao seu lugar na gaveta do cofre, e o móvel de aço foi nova e cuidadosamente fechado, as letras da palavra foram embaralhadas. Sarah ainda fechou as persianas, depois saiu do cômodo, sem nada deixar que não estivesse na ordem precedente. No patamar, ela se vestiu (devia apenas enfiar o roupão e os pés nas chinelas). Descendo a escada, teve uma impressão singular: eis que se sentia pesada de uma gravidade maravilhosa. Ela não se lavou; pôs-se na cama, adormeceu em seguida, dormiu até a hora do almoço.

Na manhã seguinte, nos dias seguintes, por várias vezes em intervalos mais ou menos longos, o senhor Mose examinou o grande diamante. De qualquer maneira que o virasse, sob qualquer ângulo ou luz que o dispusesse, ele não reconhecia nunca o lindo brilho azul que o vendedor comparara ao de uma estrela polar, àquela pureza glacial que lhe fora garantida com tanta insistência e pela qual ele aceitara pagar um preço muito alto, pois ela seria o penhor de um preço de revenda ainda mais elevado. Contrariamente ao deslumbramento com que contava, em sua fé cega nas promessas do confrade, ele se acreditara louco, ou maldito, ao desvendar em direção ao centro da pedra um ponto tão evidentemente distinto da matéria circundante que não se poderia sem desonestidade negar a mais abominável entre as coisas: um defeito. Desde então, seu olhar a cada novo exame reencontrava o ponto defeituoso, caía ali quase infalivelmente, de primeira. Não rigorosamente um ponto; na verdade era antes uma pequena mancha vermelha, como produz sobre a pele a explosão de um vaso sangüíneo, ou como uma brasa que se vê brilhar nas cinzas de um foco morrendo. Mas o mais estranho e tresloucado (a palavra convinha ao estado de alma do senhor Mose, que persistia em se sentir ameaçado de demência e rogava secretamente à sua filha que o amasse o suficiente para protegê-lo) era que isso parecia crescer semana após semana, e que depois de pouco mais de um mês tornara-se muito mais vivo (parecia) ao mesmo tempo que mais maciço e mais extenso. Sarah, que mantivera a pedra em observação, não deixara de notar a coisa. Seu conselho era bom de ouvir. Por que então ela se recusava dá-lo, e por que, cada vez que se interrogava sobre o exame a que procedera, ela só respondia desviando os olhos, e, se insistissem (fosse no meio de uma refeição), saía do cômodo? Por que ela recusava obstinadamente juntar-se a seu pai para perscrutar de novo o diamante faltoso, por que não queria mais nem mesmo ir ao quarto do cofre?

À guisa de conclusão (o lapidário era desses homens que sentem como um imperioso dever a necessidade de concluir), um dia que em vão ainda ele tentara fazer com que falasse a filha:

— O velho Benaim troçou de nós — disse o senhor Mose. — Mas eu lhe darei o troco. Queira ele ou não, eu saberei obrigá-lo a pegar de volta essa pedra enfeitiçada.

Assim Sarah, como por milagre, reencontrou a fala. Foi para suplicar ao outro que não desfizesse o negócio, exigisse uma redução, então, sobre o preço acertado, mas guardasse aquele diamante ao qual se ligara (dizia ela bem confusamente) "mais do que a tudo no mundo depois de seu pai", desde a manhã em que tivera a felicidade de estar diante dele pela primeira vez. E tanto ela rogou e implorou que o Senhor Mose, que estava menos preocupado com dinheiro do que com tranqüilidade, concedeu-lhe, sem nada entender, tudo o que ela quis. Mais: ele lhe ofereceu a pedra e propôs mandar montá-la numa aliança. Confiado ao melhor ourives, como para uma encomenda urgente, o trabalho foi logo terminado. Dois dias depois, Sarah Mose tinha o anel, que não mais deixava seu dedo. Ela buscava a solidão, e tirava de seu bolso uma lupa ainda, para ver crescer um ponto vivo e vermelho no seio do que chamava de sua pedra nupcial; bem como sabia que crescia em seu ventre o pequeno ser concebido de uma virgem e de uma espécie de leão viril e vermelho oriundo de um raio de sol, aquele ser que ia logo nascer para a glória da raça longamente perseguida.

A INFANTILIDADE
À memória de Valéry Larbaud

Rose Auroy, tu te lembras daquele menininho exótico
Que a velha Lola denominava "Milordito"?
Valéry Larbaud

Fazia muito tempo, muito tempo mesmo, que Jean de Juni estava malhando uma moça artificialmente loira que para tal fim ele abordara na rua e tomara pela mão, conduzira ao hotel, empurrara diante de si do hall à recepção e embaixo das escadas entre as paredes de cerâmica rosa e preta, depois nos degraus entapetados de vermelho, antes de fazê-la entrar num quarto de persianas fechadas com barras de ferros parafusadas de modo inamovível e seladas na madeira, como na janela de uma cela num antigo asilo de alienados. Fora, o sol reinava ultrajantemente, tornando as pedras ardentes e o asfalto mole. Nas ruas, onde há pouco se haviam encontrado apenas uma moça hebetada e Jean de Juni, não se encontrava ninguém. Nem um cão, nem um gato, nem um passarinho nem mesmo um rato ou um camundongo nos escombros da feira. Os primeiros passantes não se faziam ouvir senão no fim da tarde, com o barulho estridente das vitrines que se levantam e o dos baldes d'água destinados a refrescar a calçada na frente dos comércios de alimentação. O hotel, como a cidade, estava silencioso, consagrado à sesta. O rapaz, acordando, quando muito, para entregar a chave, devia ter adormecido de novo no sofá da recepção.

A atitude e o comportamento da moça eram parecidos, em suma, com os de uma grande boneca de material elástico que se houvesse submetido à mesma operação. Ela não falava, tampouco se mexia, e seus olhos ficavam fechados obstinadamente sob a franja curta, na cavidade do travesseiro onde seu rosto estava bem profundamente enfiado. Se ela também não estava dormindo, dava na mesma. Aliás, Jean de Juni não tentava tirar palavras de uma boca estúpida, nem provocar sinais de emoção, que só lhe dariam o tédio de ter de responder. Ele arqueava um pouco o torso e se apoiava com o cotovelo na cabeceira dura, acima do travesseiro, sustentando com a mão o queixo para não esmagar com todo o seu peso a paciente; a menos que fosse, sem tanta cortesia, para limitar ao indispensável, isto é, às regiões inferiores, os pontos de contato entre seu corpo e o da parceira. O barulho da cama lembrava o de uma máquina de imprimir, de uma impressora obsoleta e que teria produzido alguma gazeta local, meridional ou insular, de tipografia curiosamente *modern style*. Pela perseverança e pela regularidade, esse barulho, como o de uma máquina ainda, chegava a fazer parte do silêncio. Em vez de perturbar o sono dos habitantes do hotel, ele devia acalentá-lo, e eles despertariam talvez, caso não o ouvissem mais. Jean de Juni não se sentia incapaz de continuar até à noite, para prolongar a sesta de seus vizinhos de quarto, contanto que a moça permanecesse em sua indiferença e apatia. "Estou fazendo amor" — pensou ele — sem nenhuma satisfação, num dado momento. E pensou na insuficiência da pequena frase, a qual, em sua modéstia irrisória, não trazia nenhuma indicação que pudesse informar minimamente um ouvinte ignorante, ilustrar para um tolo a tarefa viril. O francês, o espanhol ou o italiano poderiam ter-lhe fornecido formas mais

A infantilidade

breves e mais expressivas, cujo sentido é geralmente o de enfiar uma ferramenta, ou melhor, de meter. Era então em meter o pau (o seu pau) naquela moça, que ele se aplicava? Ele teria respondido que não, e que se tratava antes de alguma coisa como a lenta travessia de um mar quente por um velho paquete de máquinas de pistões, o *S.S. Eros*, correio do arquipélago, percorrendo, conforme sabido, o branco e azul pavilhão herdado pela Grécia da casa de Baviera. O ar do quarto fechado convinha para lembrá-lo do cheiro do óleo das coxias, o cheiro de percevejos de emadeiramento, nas cabines baixas. Quanto ao amor?

Bem, o amor, gigante de sal erguido numa espera ilimitada, cristalino colosso em forma de manto e de Empusa, branca estátua mais altaneira que o mais alto cume do Himalaia, personagem pavorosa criando sua própria solidão, "sobretudo — pensou Jean de Juni — que eu nunca o encontre; que nem em sonho ele jamais vire para mim sua horrível cabeça triangular e achatada; que eu nunca esteja sob seu olhar ávido!". Depois ele sorriu de tanto pavor, sem ter interrompido seu labor, apressado ou diminuído o ritmo. As pálpebras da moça haviam ficado fechadas, e ela não soube que ele sorrira; ela ignorou que ele imaginara aquele monstro.

O verbo amar se relacionava a imagens e objetos que não eram tão formidáveis. Ele sugeria uma água oleosa, pouco corrente, mais para morna. Sem dúvida, Jean de Juni amara sua mãe, cuja lembrança ficava ligada a certo roupão malva que ela usava de manhã, e ele se lembrava ainda da tartaruga do pântano, ou, como se diz, "lodosa", que lhe haviam comprado de um velho que vendia em frente ao pórtico da catedral de Módena. Assim como as outras que se agitavam no fundo do cesto, ela devia ter sido apanhada nos canais do Pó. Era um macho bastante grande, que o pequeno Jean de Juni nutria de restos de carne crua, frango ou bezerro de preferência, ou mesmo de fígado, e que ele vigiava com uma ternura cuja origem misteriosa se confundia com aquele nome de "lodosa", que lhe revelara o dicionário. A tartaruga fugira pelo campo, aproveitando de uma ordem gritada a Jean de Juni para que fosse cumprimentar umas visitas, certa tarde, e depois, passados alguns dias, horror, ele reconhecera em pedaços esparsos à beira do caminho e cobertos de formigas e de moscas, sua bela carapaça amarela e preta, esmagada pela roda de um caminhão talvez, se é que não fora por tijoladas (pois fragmentos de tijolo também havia, não longe), pela mão de uma criança cruel.

Quando somos crianças, as outras crianças são carrascos de tudo aquilo que amamos.

O mais horrível momento de sua vida, entretanto, não fora quando ele vira abater um porco, ao qual se afeiçoara, numa fazenda da montanha, na Suíça? Naquela estação, se desaparecesse, bastava que o procurassem, era certo que o encontrariam em frente ao pequeno estábulo um pouco afastado do chalé dos donos, onde vivia o animal. Ele lhe levava rábanos, batatas e pêras duras, restos variados, maravilhado com sua glutonaria prodigiosa. Depois, o dia da morte era chegado, e o fazendeiro, apesar das súplicas e lágrimas da criança, recusara, obviamente, a graça. Rindo, aliás, explicando que o animal estava no ponto certo para a carne e o toucinho, e que um atraso custaria muito dinheiro. Então Jean de Juni decidira que veria morrer aquele porco, visto que não estava ao seu alcance salvá-lo.

De maneira menos trágica e mais terna, ele amara ainda um axolote, nos últimos anos de sua infância. O pequeno batráquio espesso, recoberto de suas brânquias como por uma preciosa e indecente folhagem rosa, evoluindo com mau jeito entre as plantas do aquário, mergulhado no fundo para pegar um verme de vasa ou vindo engolir traças jogadas na superfície da água, dera-lhe longas felicidades, antes de lhe dar o luto de sua morte. Desde então, até onde se lembra, Jean de Juni não amara mais nada nem ninguém. Estranhamente, a morte saqueara sua infância com uma espécie de fúria, e depois, feito o estrago, dir-se-ia que desviara de seus circundantes para ir fazer seus ataques aos dos outros. A razão talvez fosse que desde muito tempo ele não tinha por circundantes senão criaturas e objetos que olhava com tanta indiferença que era como se vivesse na solidão e na penúria absolutas, como se ele houvesse escolhido a regra eremítica.

E agora, uma vez mais depois de tantas outras, eis que, segundo a expressão popular, ele "estava pensando em seus mortos". "Que estranho momento eu escolhi para isso" — refletiu.

Pois ele continuava malhando no mesmo ritmo imperturbável, tão exato quanto o de um relógio alemão, como se um mecanismo estivesse instalado em suas nádegas, que medisse pelo número de sofreadas a marcha do tempo, a usura da vida e a aproximação daquela morte que ele acabava de evocar com um pouco de humor. Ele pensou que as medidas valiam para a moça igualmente, e que (sabia ela?) o que eles estavam fazendo juntos tinha a propriedade curiosa de alinhar o tempo de um sobre o tempo do outro à imitação de seus corpos superpostos, até o instante, longínquo sem dúvida, em que parasse o mecanismo e em que cessasse a coincidência. Isso não mudava em nada a coisa de a moça recusar ou aceitar participar do movimento, já que ela o suportava e que, de bom grado ou à força, ela sentia os trancos regulares do mecanismo de controle. Jean de Juni pensou que ela era a matriz daquele tempo que eles tinham em comum, e que ele, por sua vez, fazia o papel de pontão contador. Assim a máquina estava bem definida; ela poderia funcionar, os deuses ajudando, até a consumação dos séculos. A palavra matriz não lhe sugeriu de modo algum, como deveria, a idéia de um possível nascimento. Na verdade, o passado e a morte reinavam tão tiranicamente nele, que a vida, em sua meditação, reduzia-se a seu próprio declínio, e ele não dava nenhuma olhada no futuro.

Ele se perguntou se era com uma prostituta que estava embalando o fio das horas. Sem poder responder, pois ela o seguira docilmente desde seu primeiro convite, aceitara entrar no hotel e subir num quarto com ele, sem que nenhuma só vez entrasse em questão entre eles a gorjetinha. Nem de coisa nenhuma, aliás, e do que iam fazer (o que estavam presentemente fazendo), tampouco de fome, de sede ou de saciedade, de alegria, de tristeza ou de perdição eterna. A julgar a pessoa segundo as reações fornecidas, não era injusto ver em sua parceira um ser avizinhando infinitamente a nulidade, dotado de uma cara engraçadinha, todavia, de um corpo firme e de uma epiderme macia. O que desejaria de melhor em semelhante aventura? Ele pensou ainda (sendo o caso um pouco menos comum que o de uma puta) que se tratasse talvez da vítima de uma insolação, ou de uma moça tão embrutecida pelo calor que não era mais capaz de se dirigir sozinha e de se defender. As cidades meridionais, quando todo mundo faz a sesta e as ruas ficam vazias, têm dessas presas em recompensa para o lobo que persiste em caçar apesar da temperatura e do abafamento. Ele se lembrava de muitos encontros e como os havia explorado.

Mais tarde, seus pensamentos diminuíram. O espírito tendeu para uma espécie de estaca zero como para uma sorte de união mística com a nulidade de sua companheira. Esse ponto estava situado bem precisamente no espaço; encontrava-se diante dele, à esquerda, na bola de cobre que ornava naquele lugar, como nos três outros ângulos, a subida da cama de ferro sombriamente esmaltada. Tal cama, estando colocada num canto do quarto, Jean de Juni tinha parede a sua direita e a sua frente, a janela à esquerda, um pouco atrás. O sentimento de sua posição resistiu longamente antes de o abandonar, última lamparina que se assopra (e a fumaça é aspirada pelo vazio), mas ela desapareceu ao final, e nosso homem não foi mais que ritmo, trepidação ativa, barulho de colchão reinando numa terra silenciosa, movimento de nádegas indo e vindo na penumbra. No momento, o sol, fora, ganhara a fachada do hotel. Quando bateu na persiana, um entalho, ao lado da charneira, abriu caminho a um raio, que fez na parede uma mancha luminosa em forma de banana ou de miúda lâmina de foice. Jean de Juni não lhe deu atenção, absorvido que estava de corpo em sua tarefa e de espírito em seu ponto vacante, também não notou que aquele foicinho de luz se deslocava muito lentamente e que se aproximava da cama. Este atingiu, de repente, a bola de cobre dourado, que flutuou sem demora sob os olhos do inconsciente; foi como um relâmpago que sacudisse sua memória e a despertasse, fazendo também arder e reavivando lembranças tão longínquas que não se haviam apresentado a ele por uns trinta anos ou mais. Ultrapassando o cobre (que bem poderia ter-lhe jogado em antigüidades cipriotas...), ele reconheceu uma grande bola de ouro que era um buquê de ranúnculos de montanha, arredondado com muita cura, segurado por duas mãos sobre uma saia preta longa, diante de um decote estrito, fechado com um brochinho de rubis, e atrás do buquê, acima do broche, ele reencontrou o rosto da empregada Nina que à imitação de sua mãe ele renomeara Criticona desde as primeiras palavras que balbuciara e até o início de sua idade de esquecimento e desatino. Nina Criticona, a velha governanta triestina, que ele amara — disso se lembrava seguramente —, mais que a seus pais, mais que à sua tartaruga, mais que àquele porco e mais que a seu axolote. Nina que, repreendendo, venerava-o, e que, na vã esperança de fazê-lo engordar, cozinhava para ele geléias de rosas à moda dálmata.

Tudo se recompunha a partir do globo amarelo como se houvera ali alguma coisa imantada, e que, lançada a corrente, pedaços de um quadro móvel muito grande, erguidos em suportes de ferro, houvessem vindo se pôr em ordem e brincar, uns com os outros, colados pela atração magnética. Jean de Juni, sem cessar de ser aquela espécie de metrônomo batendo o compasso no ventre de uma moça impassível, nem nada ignorar da coisa, remontava à criança, três anos talvez, quatro anos ou mais, que ele fora e que acreditava apagada em sua memória tão definitivamente quanto na de outrem (salvo Nina, se ela não estivesse morta). Uma criança franzina, ainda emagrecida por ter cachos castanhos que caíam até os ombros num paletó de veludo branco, a cabeça coberta de arminho menos de menino que de senhora, as pernas com meias de lã verde pálido que lhe davam a aparência, a ouvir-se a velha Criticona, de certo passarinho do pântano a que se denomina cavaleiro sacho. Outro avatar: ele se encontrava naquela criança, e era pelos olhos dela que levantando a cabeça contemplava o rosto um pouco leonino e terno de Nina Criticona, seu olhar azul, triste e alegre ao mesmo tempo, suas faces redondas e tingidas de uma leve caparrosa, seus cabelos grisalhos sob um chapéu de pelúcia preta fixados num coque com grampos de pérolas de azeviche. Ela o vigiava de perto, atenta para que ele não corresse à beira do caminho atrás do qual o terreno tinha uma inclinação abrupta, e que não fosse vítima do mimo habitual aos rebentos de pais muito ricos.

Pois eles estavam juntos no caminho ladeando a montanha, que vinha da cidadezinha onde se encontravam as pequenas lojas da comerciante não muito cara e da comerciante cara, passando em frente à casa de repouso onde estavam hospedados, tendo rodado muito antes de chegar à estrada, no fundo do vale. Chovera toda a noite, o dia todo na véspera, e o único lugar um pouco seco era esse "desvio de caminho", varanda natural arranjada em plataforma, com um banco no solo pedregoso para sentar-se e olhar a vista. Nina Criticona, cada vez que o tempo estava suficientemente claro, levava ali o garoto de que cuidava. Ela o persuadira, talvez para obrigá-lo a exercitar-se, que os passeios deviam sempre fornecer algum achado, buquê ou nem tanto, digno de entrar em seus quartos, e na ida ou na volta, apesar das placas municipais que solicitavam que se respeitasse a flora alpestre, raramente eles se abstinham de colher flores.

Essa palavra "flores", última a chegar, fresca ainda de infância apesar de tantos anos dedicados à ninharia e à vida bestial, Jean de Juni quisera enterrá-la, e a enfiara com um grande impulso de nádegas nos limbos da moça, a qual nem mesmo estremeceu, ainda que a brutalidade do golpe houvesse quase rompido o ritmo que suportava com paciência. Mas era muito tarde para voltar numa brutalidade banal; a lembrança antiga triunfava sobre toda a linha. O homem reviu a curva do caminho onde brincava a criança, ele reviu os pedregulhos do talude, nos quais transudações arrastavam a terra móvel no regato, e neste, num banco de areia escura ou de várzea, ele viu como que uma plantação de aspargos miúdos de flores amarelas, que eram tussilagens desprovidas ainda de grandes folhas que vinham depois da floração e que valeram à planta seu nome vulgar de "unha de asno". Ele viu as primaveras um pouco rosadas, eclodidas ao pé do talude num terrão oleoso, folhagens ardentemente verdes desdobradas no solo úmido. Enquanto vasculhava ali dentro com a ponta de uma bengalinha de punho de chifre (de camurça contornada de prata), que lhe haviam comprado na comerciante cara, Criticona se levantara do banco, e ali deixando seu guarda-chuva e sua bolsa de trabalho, mas pegando o buquê que eles haviam colhido e que um sopro havia dispersado. A criança atravessou o caminho, ficou perto dela, sob feixe de botões de ouro, e ela o retinha com a outra mão porque estavam à beira do declive.

Alguns ziguezagues mais abaixo, entre os lariços que começavam a reverdecer, um grande carro coberto, puxado por um par de bois, subia na direção deles com uma potência tranqüila que parecia desenrolar o caminho como a uma fita e repassá-lo sucessivamente antes de jogá-lo atrás de si até o fundo do vale. O carro desapareceria e reapareceria duas ou três vezes antes de chegar no alto, ele viraria comprimindo muito de perto o talude, continuaria com o mesmo andar pesado até o vilarejo e não pararia. "É uma carroça de piemonteses — dissera Criticona. — Desses pobres que vêm do outro lado das montanhas e vão trabalhar no novo dique. Eles vivem numa barraca com suas mulheres e filhos, animais também, cães e talvez galinhas. O carro lhes serve de casa, como os ciganos. Eles ficam melhor ali do que nas cabanas do canteiro, e não têm de pagar nada ao empreiteiro." Guiando a atrelagem, um homem muito moreno andava à frente, tocando às vezes um ou outro dos bois com um bastão comprido, e lhes falava numa voz cujos sotaque rouco e doce entonação se ouviam, apesar da distância e do barulho das cascatas.

O pequeno Jean de Juni não podia desviar os olhos daquele homem que conduzia os animais cornígeros. "Um piemontês" — repetiu ele depois de Criticona — para pôr na cabeça o nome misterioso e ficar certo de não esquecê-lo. O homem usava uma camisa vermelha, um pouco suja, aberta, apesar do ar frio, no seu peito curtido, um lenço preto ao pescoço; os cabelos loucos eram de um preto escandaloso. O pequeno Jean pensou que deveria descrevê-lo a Criticona, que não enxergava muito bem mesmo de óculos, para fazê-la compartilhar sua admiração; depois achou que se calaria e guardaria para ele o maravilhoso espetáculo. Ele resistiu no entanto a sua governanta, que queria puxá-lo para trás. Então a coisa aconteceu (que fez em sua alma de criança uma marca indelével, visto que ia ressaltar com seus detalhes mais ínfimos, assim como uma gravura rupestre aspergida com água, tantos anos depois do acontecimento).

Foi assim. No fim da zona florestada, a carroça dos piemonteses entrara numa região onde não havia lariços e mata exceto acima do caminho, fechada, aliás, enquanto o declive, abaixo, despencava quase verticalmente sobre mais de uma centena de metros. Um riacho, que troncos cavados de regueiros teriam quase contido em tempo normal, transbordava de todos os lados após as recentes chuvaradas. A via transitável era ali de escura cor, sem pedras aparentes nem cascalho, composta provavelmente de agulheiras, de coníferas amontoadas e apodrecidas haveria umas boas estações. O pequeno Jean de Juni, quando a carroça, entre o talude e o precipício, ficou no mais estreito da passagem obscura, viu que um dos bois, o que puxava pela esquerda, fungara de repente, e se jogava, como possesso, sobre seu companheiro de atrelagem. O animal sentira que cedia sob seu pé o terreno escorregadio; ele tentava pegar um apoio mais firme, e sem dúvida teria conseguido, ajudado pelo outro — que compreendera por instinto o perigo — se a atrelagem estivesse sozinha ou se tivesse uma carga menos molesta e menos pesada. Mas quando as rodas do tardo veículo ficaram no lugar da fissura, o terreno, como se houvesse sido minado, afundou completamente. Então o pequeno Jean viu a capota oscilar, depois soçobrar francamente, e a carroça, escorregando atrás, foi ao abismo com a terra em avalanche, enquanto o timão intacto se erguia pendurando os pobres bois, que remexeram suas cabeças e patas de uma maneira irrisória e durante um breve instante, assim como gordos coleópteros dolorosamente agitados na ponta de um grampo. Nada de gritos nem mugidos; de todo modo, a pancada da avalanche os haveria encoberto. O homem escuro, o condutor, estava salvo; ele se jogara de bruços, rolava no chão, mordia-o (parecia). Depois a criança cessou de ver: uma mão um pouco áspera lhe cobria os olhos. "Pequeno Jean, não olhe — disse Nina Criticona. — Você é muito jovem para assistir morrer."

Jean de Juni continuava malhando assim como faria com trigo ou quebraria pedras, e a brutalidade rítmica da operação deixava livre curso à sua fantasia. Ele pensou que acabava de reviver (ou melhor, de rever em imaginação, o que é quase o mesmo) o mais antigo episódio que marcara sua consciência profunda. A noção "primeira lembrança" é curiosa, não deixa de ser inquietante para a reflexão. Jean de Juni teve a idéia, sugerida talvez pela frase da velha Criticona, que o circuito de sua existência estava a dois dedos de afivelar-se ("um nó colante!", divagou ele), e que ele se encontraria em perigo de morte se fraquejasse em sua tarefa ou se não distribuísse exatamente os batimentos regulares. Essa idéia se desvaneceu logo, mas ela ainda "descarnara" (se possível) o longo trabalho do amor.

A bola de cobre dourado, diante dele, reluzia no raio sempre com tanto brilho, enquanto iam maquinalmente suas nádegas, que faziam ir e vir o malho (ou o martelo do quebrador de pedras) com sempre tanta força e correta cadência. Em vez de se aproximar do prazer erótico, ele sabia que se afastaria agora, como se o antigo paquete grego evocado no começo de seu devaneio houvesse mudado o cabo para retornar ao porto de que partira. Ao mesmo tempo, Jean de Juni estava vagamente satisfeito, ele devia bem reconhecê-lo, e não foi mais o caso de chegar àquele prazer, nem abordar aquela fastidiosa terra de destino. Ele tentou reavivar a lembrança terrífica (que já o era menos), e se lembrou de novo, voluntariamente desta vez, da catástrofe da estradinha de montanha à medida que ele se esforçava para reconstruí-la, e que se representavam à sua vista a carroça dos piemonteses e os bois precipitados juntos no abismo, ele se sentia singularmente exaltado, experimentando, sem poder explicá-lo de nenhuma outra maneira razoável senão pelo jogo de equilíbrio ou mecanismo de balança, uma espécie de elevação grandiosa, gloriosa, solar até, que era sustentada, nem mais nem menos como outrora suas escaladas de uma mó de grama ou de um monte de pedras, pela mão de Criticona. Durante esse percurso radioso que o hasteava — em contrapartida ao acidente — até o céu de sua infância, os traços um pouco leoninos da governanta se desenharam como em superposição de imagens, com uma claridade que não deixava dúvida, no rosto do astro. Jean de Juni reencontrou a expressão benévola que ela tinha normalmente, quando olhava para ele, e ficou comovido como não ficava havia muito tempo. Era enfim o amor? "Pai sol..." — disse ele em voz baixa, no momento em que a máscara da velha empregada eclipsava totalmente o globo de fogo.

Tão alto ele acreditava estar que deixou flexionarem os braços um instante, já que não havia mais necessidade de suporte, e seu peito pesou sobre os seios da moça. Esta abriu os olhos e, vendo como ele estava longe, chamou-o para que ele se aproximasse dela: "Vem — disse-lhe. — Não caminhaste o bastante? Onde queres ir nesse galope que faz rebentar tua pobre montaria? Cessa e vem agora. Pára, descansa um pouco. Precisas, e eu estou fatigada também." Mas ele não estava ouvindo o que ela dizia, e ela se tornara para ele invisível, ainda que estivesse diretamente sob seu olhar. Ele enrijecera os braços novamente, todo seu corpo estava rijo e num estado de completa insensibilidade, seu espírito estava inteiramente liberado de todo aquele obstáculo da morte que o dominava habitualmente e não dava paz ao homem esgazeado, cujos passos haviam conduzido para uma aventura duvidosa, ao quarto do hotel mal-afamado, à cama decepcionante. Sonhador acordado (talvez atingido de uma afeção tetânica), ele se achava no mais alto de um céu puro e subia ainda, indo para um sol quente e bom que era também o rosto de Nina Criticona, servindo-se de um apoio que era a mão que ela lhe dava à maneira de outrora. A moça se calara, fechara de novo os olhos, paciente como antes já que era impossível ter a mínima comunicação com ele. Ainda que ela houvesse sido, somando-se tudo, o instrumento de seu êxtase, ele a esquecera, atirara-a numa sombra com a carroça desaparecida, e o ritmo persistente de suas nádegas não tinha nenhuma outra razão doravante senão levá-lo sempre mais longe e mais alto naquela admirável pureza reconquistada, naquele céu e naquele luminoso cristal onde nada tinha a recear, exceto que o sol se retirasse. "Criticona, velha Criticona, não me deixe sozinho..." — repetia ele baixinho, como uma criança prestes a adormecer.

Este livro terminou
de ser impresso no dia
30 de agosto de 2003
nas oficinas da
Associação Palas Athena,
em São Paulo, São Paulo.